Zu diesem Buch

Ferdinand und Mireille führen eine langweilige Ehe. Zum Glück haben sie eine gute Freundin: Lucienne. Und dann kommt es, wie es kommen muß: Lucienne wird Ferdinands Geliebte – die klassische Dreieckssituation ist entstanden. Aber Lucienne ist kein Mensch, der Kompromisse eingeht und sich mit Halbheiten abfindet. Sie entdeckt überdies, wie man das Angenehme mit dem Nützlichen verbinden kann: Mireilles Leben ist hoch versichert. Der Zauderer Ferdinand hat der Zielstrebigkeit seiner Geliebten nichts entgegenzusetzen. Und so reift der Entschluß: Mireille muß sterben. Die Tat wird sorgfältig und bis ins Detail geplant und schließlich ausgeführt.

Alles ist vorausbedacht – es kann nichts schiefgehen. Und es geht auch nichts schief. Trotzdem: nach dem perfekten Mord an Mireille fängt die Geschichte erst richtig an.

Schon Henri-Georges Clouzot hat diesen Romanstoff in seinem berühmten Film «Die Teuflischen» (1954) verarbeitet und der Geschichte eine völlig andere Richtung gegeben. Die neue Verfilmung mit Sharon Stone und Isabelle Adjani in den Hauptrollen greift den freien Umgang mit den Romanfiguren auf und überträgt die spannungsgeladenen und faszinierenden psychologischen Konstellationen der Charaktere auf die neunziger Jahre.

Pierre Boileau und Thomas Narcejac hatten beide schon Bücher veröffentlicht und waren mit dem Grand Prix du Roman d'Aventures ausgezeichnet worden, als sie ihre schriftstellerische Zusammenarbeit aufnahmen, in deren Verlauf zahlreiche Romane entstanden, von denen viele verfilmt wurden. Das Autorenpaar errang internationale Anerkennung, seine Bücher wurden weltweit übersetzt.

In der Reihe rororo thriller liegen vor: «Aus dem Reich der Toten» (Nr. 2716) und «Werthers zweiter Selbstmord» (Nr. 2666); von Pierre Boileau «Der Trick mit da Vinci» (Nr. 3007).

BOILEAU/NARCEJAC

TOTE SOLLTEN SCHWEIGEN

Der Roman zum neuen Film von Warner Bros.
«Diabolisch»
mit Sharon Stone und Isabelle Adjani

Deutsch von
Justus Franz Wittkop

rororo

Rowohlt

Neuausgabe
77.–91. Tausend Juni 1996

Veröffentlicht im Rowohlt Taschenbuch Verlag GmbH,
Reinbek bei Hamburg, November 1963

Die Originalausgabe erschien 1952 unter dem
Titel «Celle qui n'était plus» bei Éditions Denoël, Paris

Umschlaggestaltung: Walter Hellmann
Umschlagfoto: Warner Bros. Film GmbH
Gesamtherstellung Clausen & Bosse, Leck
Printed in Germany
1290-ISBN 3 499 13894 8

Die Hauptpersonen

Fernand Ravinel:	Ein sympathischer Träumer, der seine Frau ermordet.
Mireille Ravinel:	Eine Wasserleiche, die Briefe schreibt.
Dr. Lucienne Mogard:	Eine Mörderin, die an das ärztliche Berufsethos glaubt.

Erstes Kapitel

«Fernand, ich bitte dich, hör endlich auf, hin und her zu rennen!»

Ravinel blieb am Fenster stehen und schob den Vorhang zur Seite. Der Nebel war dichter geworden. Um die Lampenkandelaber, die den Quai beleuchteten, war er gelb, unter den Gaslaternen der Straße aber grünlich. Manchmal wallte und wirbelte er wie schwerer Rauch, und manchmal wurde er zu Wasserstaub, zu feinem Regen, dessen Tröpfchen in der Luft glitzerten. Das Vorschiff der *Smoelen* mit den erleuchteten Bullaugen tauchte undeutlich zwischen den Nebelschwaden auf. Wenn Ravinel stillstand, hörte man ein Grammophon spielen; es mußte ein Grammophon sein, denn jedes Musikstück dauerte ungefähr drei Minuten. Dann eine kurze Pause, während die Platte umgedreht wurde, und die Musik setzte von neuem ein. Sie kam von dem Frachtdampfer herüber.

«Riskant!» meinte Ravinel. «Und wenn nun jemand auf dem Schiff Mireille ins Haus kommen sieht?»

«Unsinn!» sagte Lucienne. «Die wird sich vorsehen ... Und außerdem, es sind doch Ausländer. Selbst wenn die was sehen – was werden sie schon groß erzählen!»

Mit dem Ärmel wischte er die Scheibe ab, die sich von seinem Atem beschlagen hatte. Sein Blick schweifte über das Gitter des winzigen Vorgartens; links sah man blasse Lichtpünktchen und seltsame Konstellationen roter und grüner Lichter; die roten hatten die Form kleiner Zahnrädchen und erinnerten an Kerzenflammen in der Tiefe einer dunklen Kirche; die grünen wirkten phosphoreszierend wie Glühwürmchen. Ravinel konnte ohne weiteres die Kurve des quai de la Fosse ausmachen, auch den Signalmast beim ehemaligen Börsenbahnhof und das Blinklicht beim Bahnübergang, die Laterne an der Kette, die nachts den Zutritt zur Verladerampe verwehrt, und die Positionslichter der *Cantal,* der *Cassard* und der *Smoelen.* Rechts begann der quai Ernest-Renaud. Der Schein einer Gaslaterne weckte fahle Reflexe auf den Schienen und ließ das feuchte Pflaster schimmern. An Bord der *Smoelen* spielte das Grammophon einen Wiener Walzer.

«Sie wird vielleicht ein Taxi nehmen ... wenigstens bis zur Ecke», meinte Lucienne.

Ravinel ließ den Vorhang los und drehte sich um. «Dazu ist sie zu sparsam», sagte er zwischen den Zähnen.

Abermals Stille. Ravinel begann wieder, auf und ab zu gehen. Elf Schritte vom Fenster zur Tür. Lucienne feilte sich die Fingernägel und hob ab und zu die Hand prüfend gegen die Deckenbeleuchtung, drehte sie langsam hin und her wie einen Wertgegenstand. Sie hatte den Mantel anbehalten, aber darauf bestanden, daß er den Hausrock anzog, den Kragen und die Krawatte abnahm und in die Pantoffeln schlüpfte. «Du bist gerade nach Hause gekommen, bist müde. Du machst dir's bequem, ehe du zu Abend ißt . . . Verstehst du?»

Er verstand sehr gut. Er verstand sogar zu gut, in einer Art verzweifelter Klarsicht. Lucienne hatte alles vorausbedacht. Als er sich angeschickt hatte, ein Tischtuch aus dem Büfett zu nehmen, hatte sie ihn mit ihrer rauhen, befehlsgewohnten Stimme angefahren.

«Nein, kein Tischtuch. Du kommst doch gerade an, bist allein, willst rasch eine Kleinigkeit essen . . . Laß die Wachstuchdecke liegen.»

Sie hatte sogar den Tisch arrangiert: die Schinkenscheibe lag im Einwickelpapier nachlässig zwischen der Weinflasche und der Karaffe. Die Orange balancierte auf der Camembertschachtel.

Hübsches Stilleben, hatte er gedacht. Und eine Weile war er wie erstarrt gewesen, kaum fähig, sich zu rühren, mit schweißfeuchten Händen.

«Da fehlt doch noch was . . .» hatte Lucienne überlegt. «Laß sehen. Du legst ab . . . setzt dich zum Essen . . . bist allein . . . Radio hast du nicht . . . Ich hab's! Du siehst beim Essen deine heutigen Aufträge durch. Das liegt auf der Hand!»

«Aber ich versichere dir . . .»

«Gib mir deine Aktentasche!»

Auf einer Ecke des Tisches hatte sie die maschinenbeschriebenen Blätter ausgebreitet, deren Briefkopf, wie Floretts gekreuzt, einen Kescher und eine Angel aufwies. BLACHE UND LEHUÉDÉ – 145, BOULEVARD DE MAGENTA – PARIS.

Es war jetzt zwanzig nach neun. Ravinel hätte auf die Minute genau aufzählen können, was sie seit acht Uhr getan hatten . . . Sie hatten zuerst das Badezimmer inspiziert, um sich zu vergewissern, daß alles auch funktionieren würde, daß nicht im letzten Augenblick womöglich noch irgend etwas schiefzugehen drohte. Fernand hatte sogar die Wanne gleich vollaufen lassen wollen.

Doch Lucienne war dagegen gewesen: «Überleg doch! Sie wird sich alles ansehen wollen. Und sie wird sich fragen, was das Wasser soll.»

Es hatte nicht viel gefehlt, und sie hätten sich gestritten. Lucienne war schlechter Laune. Bei all ihrer Kaltblütigkeit spürte man doch ihre Nervenspannung, ihre Unruhe.

«Man könnte meinen, du kennst sie nicht . . . Nach fünf Jahren!»

Doch das war es ja gerade: er war gar nicht sicher, ob er sie wirklich kannte. Eine Frau. Man trifft sich bei Tisch. Man schläft mit ihr. Sonntags geht man mit ihr ins Kino. Man spart, um ein Häuschen in einem Vorort zu erstehen. *Tag, Fernand . . . 'n Abend, Mireille . . .* Frische Lippen hat sie und winzige Sommersprossen neben den Nasenflügeln; die sieht man nur beim Küssen. Sie ist federleicht, wenn man sie in die Arme nimmt. Mireille. Schmächtig, aber zäh, nervig. Nette kleine Frau.

Unbedeutend. Warum hat er sie eigentlich geheiratet? Ja, weiß man denn, warum man heiratet? Die Zeit war halt reif dazu. Dreiunddreißig Jahre war er gewesen. Die Hotels, die Kneipen, die Speisekarten der Restaurants ... man bekommt das über! Es ist ja kein reines Vergnügen, Reisevertreter zu sein. Vier Tage auf Achse, Woche für Woche ... Da ist man dann froh, samstags in das Häuschen in Enghien und zu der lächelnden Mireille zurückzukommen, die in der Küche sitzt und näht.

Elf Schritte von der Tür zum Fenster. Die drei goldenen Scheiben der Bullaugen auf der *Smoelen* sanken allmählich tiefer, weil die Ebbe eingesetzt hatte. Ein Güterzug fuhr langsam vorbei; er kam aus Chantenay. Die Räder polterten über die Weiche; Waggondächer glitten in sanftem Rhythmus vorüber und verschwanden hinter den Lichtern des Signalmastes in einer Regenaureole. Ein alter deutscher Waggon mit Bremserhäuschen und Schlußlicht über den Puffern rollte als letzter. Die Grammophonmusik wurde wieder vernehmlich.

Um Viertel vor neun hatten sie ein Glas Cognac getrunken, um sich Mut zu machen. Dann hatte Ravinel die Schuhe ausgezogen und war in den alten Hausrock geschlüpft, der vorn von den Funken aus seiner Pfeife ganz durchlöchert war. Lucienne hatte den Tisch gedeckt. Es hatte nichts mehr zu sagen gegeben. Der Triebwagen aus Rennes war um neun Uhr sechzehn vorübergekommen, hatte an der Zimmerdecke eine Lichterkette entlanggleiten lassen, und noch lange hatte man das hell hämmernde Rollen seiner Räder gehört.

Der Zug aus Paris kam erst um zehn Uhr einunddreißig. Noch eine Stunde! Lucienne arbeitete geräuschlos mit ihrer Nagelfeile. Der Wecker auf dem Kamin tickte hastig, und manchmal kam er aus dem Takt, der Mechanismus schien zu stolpern, dann wurde das Ticken wieder gleichmäßig, aber es klang jetzt heller. Ihre Blicke trafen sich. Ravinel nahm die Hände aus den Taschen, verschränkte sie hinter dem Rücken und nahm seine Wanderung wieder auf. Er hatte Lucienne noch nie so gesehen wie eben gerade: mit schwerer Stirn und starren Zügen ... Sie waren drauf und dran, eine Dummheit zu begehen. Eine Mordsdummheit! Und wenn Luciennes Brief noch nicht angekommen war? Wenn Mireille krank war? Wenn ...

Ravinel ließ sich auf einen Stuhl fallen. Nicht weit von Lucienne. «Ich kann nicht mehr.»

«Hast du Angst?»

Sofort setzte er sich zur Wehr. «Angst! Angst! Nicht mehr als du.»

«Schön wär's ja!»

«Es ist nur das Warten. Das macht mich ganz krank. Ich hab Fieber, glaube ich.»

Mit ihrer kräftigen, erfahrenen Hand fühlte sie seinen Puls und zog ein schiefes Gesicht.

«Na, was hab ich gesagt?» fuhr er fort. «Glaubst du mir jetzt, daß ich krank werde? Schöne Bescherung!»

«Noch ist es nicht zu spät», murmelte Lucienne. Sie stand auf, knöpfte langsam ihren Mantel zu und fuhr sich achtlos mit dem Kamm durch das braune, lockige, im Nacken kurz geschnittene Haar.

«Was hast du vor?» stotterte Ravinel.

«Ich hau ab.»

«Nein!»

«Dann nimm dich aber ein bißchen zusammen ... Wovor hast du denn Angst?»

Das ewige Diskutieren würde wieder von vorn anfangen. Ach, alle Argumente Luciennes kannte er längst auswendig. Tagelang hatten sie alles durchgesprochen, jedes Detail analysiert; immer wieder hatte er gezögert, bis er sich endlich zu dem Entschluß durchrang. Er sah wieder Mireille in ihrer Küche. Sie bügelte, und von Zeit zu Zeit ging sie zum Herd, um die Sauce umzurühren. Wie gut hatte er lügen können! Wie mühelos!

«Ach, übrigens ... Ich habe Gradère getroffen, einen alten Regimentskameraden. Ich hab dir doch sicher schon von ihm erzählt ... Er ist bei einer Versicherung. Scheint klotzig zu verdienen.»

Mireille bügelte eine Unterhose. Die glänzende Spitze des Eisens glitt vorsichtig zwischen die Knöpfe und ließ etwas wie eine weiße Bahn zurück, von der leichter Dampf aufstieg.

«Er hat mir zugeredet wie einem lahmen Gaul, ich soll eine Lebensversicherung abschließen, und ... Weißt du, zuerst war ich ja skeptisch, aber ... Na, hör mal, ich kenn doch diese Burschen! Sie denken in erster Linie an ihre Provision. Ist ja ganz natürlich. Aber dann hab ich mir gedacht ...»

Sie stellte das Bügeleisen auf den Untersetzer und zog den Stecker heraus.

«Sieh mal, in meinem Beruf gibt's keine Witwenpension. Dabei bin ich immer unterwegs, bei Regen, bei Glatteis, bei Nebel ... Ein Unfall ist rasch passiert. Und was wird dann aus dir? Geld haben wir keines. Und da ... Gradère hat mir einen Voranschlag gemacht; die Prämie ist nicht unerschwinglich, und du bist gesichert, wenn mir mal was zustoßen sollte ... Na ja, es ist ja nicht gesagt, daß ... Aber du würdest immerhin zweihunderttausend Francs bekommen.»

Es bewies nur, wie sehr er auf ihr Wohl bedacht war. Mireille war ganz gerührt. «Wie gut du bist, Fernand!»

Blieb noch der schwierigere Teil: Mireille dazu zu bekommen, eine entsprechende Police zu seinen Gunsten zu unterschreiben. Eine heikle Angelegenheit.

Die arme Mireille selbst war es, die eine Woche später spontan vorgeschlagen hatte:

«Liebling, ich will auch eine Versicherung abschließen. Denn ... Du hast natürlich recht; es ist ja nicht gesagt, daß was passiert. Aber stell dir vor, du stehst auf einmal ganz allein da, niemand kocht für dich, sorgt für dich ...»

Er hatte protestiert. Genau soviel, wie nötig war. Und sie hatte unterschrieben. Das war vor etwas mehr als zwei Jahren gewesen.

Zwei Jahre. Das war die Frist, innerhalb deren die Versicherungsgesellschaft im Falle eines Selbstmordes nicht zur Zahlung verpflichtet war. Und Lucienne hatte nichts dem Zufall überlassen. Wer wußte denn, zu welchen Schlußfolgerungen so ein Sachbearbeiter womöglich gelangen würde! Die Versicherung durfte aber auf keinen Fall irgendwelche Ausflüchte machen können ...

Auch alle anderen Einzelheiten waren ebenso sorgfältig überlegt worden. In zwei Jahren bleibt Zeit genug zum Nachdenken, zum Abwägen des Für und Wider. Nein; es war nichts zu befürchten.

Zehn Uhr.

Ravinel erhob sich und trat zu Lucienne ans Fenster. Die Straße war leer und glänzte vor Nässe. Er schob eine Hand unter den Arm seiner Geliebten.

«Ich kann nichts dafür; es sind bloß die Nerven. Wenn ich denke ...»

«Hör auf zu denken.»

Sie standen reglos nebeneinander; die Stille im Haus lastete schwer und unheimlich, nur der Wecker tickte fieberhaft hinter ihnen. Die Bullaugen der *Smoelen* schwebten wie weißliche, immer blasser werdende Monde im Nebel, der immer dichter wurde. Sogar die Grammophonmusik klang verschwommener; sie erinnerte an das Genäsel einer Stimme am Telefon. Mit Ravinel war es schon so weit, daß er nicht mehr wußte, ob er überhaupt noch am Leben war. Als Kind hatte er sich so den Vorhimmel vorgestellt: ein langes Warten im Nebel, ein langes, von lähmender Angst erfülltes Warten. Er pflegte dann die Augen zu schließen und hatte immer das Gefühl zu fallen. Es war schwindelerregend, fürchterlich und doch auch wieder angenehm.

Seine Mutter schüttelte ihn: «Was treibst du denn, du Dummkopf?»

«Ich spiele.»

Wenn er dann verstört und wie betäubt die Augen öffnete, fühlte er sich auf unbestimmte Weise schuldig. Als später bei der ersten Kommunion Pfarrer Jousseaume ihn gefragt hatte: «Keine sündigen Gedanken? Keinen Verstoß gegen die Reinheit?» hatte er sofort an dieses Nebelspiel denken müssen. Ja, es war sicherlich etwas Verbotenes, etwas Unreines. Und doch hatte er es nie lassen können. Das Spiel war in der Folge sogar vollkommener geworden. Ravinel konnte das Gefühl haben, unsichtbar zu werden, wie ein Wölkchen zu verdunsten. An dem Tag, an dem man seinen Vater beerdigt hatte, zum Beispiel . . . An jenem Tag herrschte wirklich Nebel, der so dicht war, daß der Leichenwagen einem gleichmäßig und glatt durch klebrige Schichten gleitenden Wrack geglichen hatte . . . Man lebte bereits in einer anderen Welt . . . Das war weder betrüblich noch lustig . . . Ein großer Friede . . . Die andere Seite einer verbotenen Grenze.

«Zehn Uhr zwanzig.»

«Wie?»

Ravinel fand sich in einem schwach beleuchteten, ärmlich möblierten Zimmer neben einer Frau wieder, die jetzt ein Fläschchen aus der Tasche ihres schwarzen Mantels zog. Lucienne! Mireille! Er atmete tief; ja, er war noch am Leben.

«Los, Fernand! Nimm dich zusammen! Mach die Karaffe auf . . .»

Sie sprach zu ihm wie zu einem Schuljungen. Eben darum liebte er sie, dieses Fräulein Doktor Lucienne Mogard. Auch dies war eine bizarre, unpassende Vorstellung. Das Fräulein Doktor war seine Geliebte! Es gab Augenblicke, in denen es ihm kaum glaublich, fast ungeheuerlich vorkam . . . Lucienne leerte den Inhalt des Fläschchens in die Karaffe und schüttelte die Mischung dann ein wenig.

«Riech selbst! Keinerlei Geruch.»

Ravinel roch an der Karaffe. Es stimmte. Keinerlei Geruch. Er fragte: «Bist du auch sicher, daß die Dosis nicht zu stark ist?»

Lucienne zuckte mit den Achseln. «Wenn sie die ganze Karaffe austränke, mag sein. Obwohl auch dann . . . Aber sie wird ja nur ein oder zwei Gläser trinken. Ich kenne die Wirkung, verlaß dich drauf. Sie wird sofort einschlafen; du kannst es mir glauben.»

«Und wenn . . . Im Fall einer Autopsie, meine ich? Wird man denn auch keine Spur finden von dem . . .»

«Es handelt sich nicht um ein Gift, mein Lieber; sondern um ein Schlafmittel. Es wird rasch vom Organismus abgebaut . . . Los, setz dich schon an den Tisch!»

«Es eilt doch nicht; warten wir noch ein bißchen.»

Beide schauten nach dem Wecker. Zehn Uhr fünfundzwanzig. Der Zug aus Paris mußte gerade den großen Rangierbahnhof bei Blottereau passieren. In fünf Minuten würde er in den Bahnhof Nantes-P. O. einlaufen. Mireille würde sich beeilen; mehr als zwanzig Minuten würde sie nicht brauchen. Wenn sie bis zur place du Commerce die Straßenbahn nahm, sogar noch weniger.

Ravinel setzte sich und wickelte den Schinken aus. Er verspürte Übelkeit beim Anblick des krankhaft rosigen Fleisches. Lucienne schenkte ihm Wein ein. Sie warf noch einen letzten prüfenden Blick auf alles und schien befriedigt zu sein.

«Ich laß dich jetzt allein. Es ist Zeit ... Verlier nicht die Nerven; gib dich ganz natürlich, und du wirst sehen, es klappt.»

Sie legte ihm die Hände auf die Schultern und streifte seine Stirn mit einem flüchtigen Kuß. An der Tür wandte sie sich noch einmal um. Entschlossen schnitt er ein Stück Schinken ab und begann zu kauen. Er hörte sie nicht hinausgehen, aber die besondere Art von Stille verriet ihm, daß er allein war, und die Angst wachte wieder auf. Es half auch nichts, daß er sich so benahm wie alle Tage, einzelne Brocken vom Brot abbrach, mit der Messerspitze einen Marsch auf dem Wachstuch trommelte und zerstreut die maschinengeschriebenen Blätter überflog:

– Angeln Modell «Luxor» (10 Stck.) . . . . 300 fr.
– Stiefel Modell «Solcgne» (20 Paar) . . . . 315 fr.
– Angelruten «Flexor», schwere Wurfangel (6 Stck.) . . . . 222 fr.

Er brachte kaum einen Bissen herunter. In der Ferne pfiff ein Zug. Vielleicht bei Chantenay; vielleicht auch beim pont de la Vendée. Bei dem Nebel ließ es sich nicht feststellen. Fliehen? Lucienne mußte irgendwo am Quai Posten bezogen haben. Es war zu spät. Nichts konnte Mireille mehr retten. Und all das für zweihunderttausend Francs! All das nur, um Luciennes Wunsch zu erfüllen, die sich auf seine Kosten in Antibes niederlassen wollte. Die Baupläne waren schon fertig. Lucienne hatte etwas von einem *businessman*; ihr Gehirn glich einer überperfektionierten Kartei. Alle Vorhaben waren in ihrem Kopf säuberlich eingeordnet. Der geringste Irrtum war ausgeschlossen. Sie pflegte die Augen halb zu schließen und vor sich hin zu sagen: «Moment mal ... Nichts durcheinanderbringen ...» Und die Relais klickten, der Hebel rastete ein, die Antwort kam vollständig und präzis. Er dagegen ... Er verhedderte sich bei seinen Rechnungen, mußte Stunden und Stunden darauf verwenden, seine Papiere zu sortieren und zu ordnen und wußte trotzdem oft nicht mehr, wer die Angelfutterale bestellt und wer das japanische Bambusrohr reklamiert hatte. Er hatte den Beruf satt. Doch in Antibes ...

Ravinel betrachtete die glänzende Karaffe, sah dahinter eine Scheibe Brot ... Sie war seltsam verzerrt, glich einem Schwamm ... Antibes! Ein eleganter Laden ... Ein Schaufenster, Harpunen für die Unterwasser-Jagd, Sonnenbrillen, Tauchermasken, Schnorchel, leichte Sauerstoffgeräte ... Eine Kundschaft von reichen Touristen ... Und dort vorn das Meer, die Sonne ... Nur noch heitere, unbeschwerte Gedanken, über die man nicht rot zu werden brauchte. Vorbei die Nebel der Loire und der Vilaine ... Vorbei auch das Nebelspiel! Ein ganz anderer Mensch. Lucienne hatte es ihm versprochen. Die Zukunft tauchte in der Kristallkugel auf. Ravinel sah sich in Flanellhosen und Sporthemd. Er war braungebrannt. Er zog alle Blicke auf sich . . .

Der Zug pfiff fast unter dem Fenster, und Ravinel rieb sich die Augen. Er stand auf und schob den Vorhang ein wenig beiseite. Richtig, es war der Zug Paris–Quimper, der nach einem Aufenthalt von fünf Minuten nach Redon weiterfuhr. In einem der erleuchteten Waggons, die auf dem Pflaster ein Band großer, heller Vierecke vorüberhuschen ließen, war Mireille gereist. Einige Abteile waren leer. Spitzendeckchen auf den Polstern. Spiegel und Landschaftsfotos darüber an den Wänden. In einem Abteil saßen Matrosen; sie aßen. Die Bilder flogen unwirklich vorbei, gänzlich ohne Beziehung zu Mireille. Im letzten Abteil schlief ein Mann, der sich eine Zeitung gefaltet und über die Augen gebreitet hatte. Der Gepäckwagen am Schluß verschwand im Nebel, und Ravinel bemerkte, daß die Musik an Bord der *Smoelen* verstummt war. Man sah auch die Bullaugen nicht mehr. Mireille ging irgendwo da unten allein durch die verlassenen Straßen; klack klack klack, machten ihre spitzen Absätze . . . Vielleicht hatte sie in ihrer Handtasche einen Revolver – den Revolver, den er ihr daließ, wenn er auf seine Geschäftsreisen ging? Aber sie konnte nicht damit umgehen. Und sie würde auch keinerlei Grund dazu haben. Ravinel faßte die Karaffe am Hals und hob sie ins Licht. Das Wasser war völlig klar; die Droge hatte keinerlei Niederschlag verursacht. Er tauchte den Finger hinein und berührte damit seine Zunge. Das Wasser hatte einen ganz leichten Beigeschmack. Aber kaum wahrnehmbar. Wenn man es nicht wußte . . .

Zehn Uhr vierzig.

Ravinel zwang sich, ein paar Bissen Schinken zu essen. Er wagte sich jetzt kaum noch zu rühren. So sollte Mireille ihn überraschen, beim Essen am ungedeckten Tisch; allein, mißmutig, müde.

Und plötzlich hörte er auf dem Trottoir Schritte. Unmöglich, sich zu täuschen. Ihr Schritt war kaum vernehmbar, aber er hätte ihn unter tausend anderen herausgekannt: das hüpfende Stakkato ihres von dem engen Kostümrock etwas behinderten Schrittes. Das Knirschen des Gartentors war kaum zu hören. Dann Stille. Mireille durchquerte das Vorgärtchen auf den Fußspitzen, sie öffnete die Tür. Ravinel vergaß, weiterzuessen. Dann nahm er noch einmal ein wenig Schinken. Schief und verkrampft hing er auf dem Stuhl. Er hatte Angst vor der Tür hinter seinem Rücken. Mireille legte jetzt sicherlich das Ohr gegen die Füllung und lauschte. Ravinel hüstelte, ließ den Hals der Weinflasche gegen den Rand seines Glases stoßen, raschelte mit den Papieren. Wenn sie erwartete, das Geräusch eines Kusses zu hören . . .

Sie öffnete heftig die Tür. Er wandte sich um.

«Du?»

In dem marineblauen Schneiderkostüm unter dem weit offenen Reisemantel wirkte sie knabenhaft schmal. Ihre mageren Finger spielten nervös mit den Handschuhen; unter dem Arm trug sie ihre große schwarze Handtasche mit den Initialen M. R. Sie sah nicht ihren Mann an, sondern blickte zum Büfett, zu den Stühlen, zum geschlossenen Fenster, dann sah sie den ungedeckten Tisch, die Orange auf der Käseschachtel, die Wasserkaraffe. Sie kam zwei Schritt näher und hob ihr Schleierchen, in dem sich wie in Spinnweben Regentropfen verfangen hatten.

«Wo ist sie? Du wirst mir auf der Stelle sagen, wo sie ist!»

Ravinel stand langsam mit verblüfftem Ausdruck auf. «Wer denn?»

«Das Frauenzimmer . . . Ich weiß alles. Spar dir deine Lügen.»

Mechanisch schob er den Stuhl zur Seite, stand mit gebeugtem Rükken und hängenden Armen da, eine Falte des Erstaunens auf der Stirn. Er hörte sich sagen: «Aber Mireille . . . Was hast du denn? Was soll das alles denn bedeuten? Wo kommst du denn überhaupt her?»

Da sank sie auf einen Stuhl, barg das Gesicht im gewinkelten Arm, so daß ihr blonder Schopf über den Schinkenteller fiel, und begann zu schluchzen. Und Ravinel klopfte ihr, überrumpelt, ehrlich erschüttert, freundschaftlich auf die Schulter.

«Aber! Aber! – Beruhige dich doch; was ist denn passiert? Was erzählst du da von einem Frauenzimmer? Du hast geglaubt, ich betrüge dich? Armes Kleines! Komm, schau dich um! . . . Doch, doch – sieh überall nach! Ich verlange es. Später wirst du mir dann alles erklären.» Er zog sie hoch, stützte sie, indem er sie um die Taille faßte, und führte sie mit kleinen Schritten, während sie an seiner Brust weinte.

«Schau nur überall gut nach. Hab keine Angst.»

Mit dem Fuß stieß er die Schlafzimmertür auf, tastete nach dem Schalter. Er sprach laut, ein wenig knurrig, aber freundlich. «Du kennst doch das Schlafzimmer? Ja? Nur das Bett und ein Schrank . . . Niemand unterm Bett, niemand im Schrank . . . Schnupper mal! Riechst du was? Stärker . . . Riechst du es? Ja, es riecht nach Tabak, weil ich mir vorm Einschlafen noch eine Pfeife anstecke . . . Tabak; kein Parfum. – So, jetzt das Badezimmer. Und dann die Küche . . . Doch, doch; ich bestehe darauf . . .» Er öffnete, wie zum Spaß, den Speiseschrank. Mireille tupfte sich die Augen und begann unter Tränen zu lächeln.

Er zog sie zu sich herum und flüsterte dicht an ihrem Ohr: «Na, bist du nun überzeugt? . . . Dummerchen! Eigentlich macht es mir Spaß, daß du so eifersüchtig bist . . . Aber eine solche Reise mitten im November! Was hat man dir denn bloß für Schauergeschichten erzählt?» Sie waren ins Speisezimmer zurückgegangen; plötzlich blieb er stehen und schlug sich an die Stirn. «Heilige Güte! Die Garage haben wir ja vergessen!»

«Du sollst dich nicht darüber lustig machen!» stammelte Mireille, und wieder kamen ihr die Tränen.

Er strich ihr übers Haar. «Los, jetzt erzähl mir mal die erschröckliche Geschichte . . . Hier, setz dich in den Sessel; ich mach den elektrischen

Heizofen an ... Du bist müde, nicht wahr? Ich sehe ja, du bist ganz erledigt. Mach es dir wenigstens bequem.»

Er stellte das Heizgerät vor die Füße seiner Frau, nahm ihr den Hut ab und setzte sich auf die Armlehne des Sessels. «Ein anonymer Brief, was?»

«Wenn es nur ein anonymer Brief gewesen wäre! Nein, Lucienne hat mir geschrieben.»

«Lucienne? Aber wie kommt Lucienne ... Hast du den Brief?»

«Natürlich!» Sie öffnete ihre Handtasche und zog einen Briefumschlag heraus.

Er riß ihn ihr aus der Hand. «Es ist allerdings ihre Handschrift ... Na, so was!»

«Oh, sie hat auch keine Hemmungen gehabt, mit ihrem vollen Namen zu unterschreiben!»

Er tat so, als ob er lese. Dabei kannte er die drei Seiten auswendig, die Lucienne in seinem Beisein zwei Tage vorher geschrieben hatte: *... ein Tippmädchen vom Crédit Lyonnais, eine Rothaarige, noch sehr jung ... Sie besucht ihn jeden Abend. Lange habe ich gezögert, es Dir mitzuteilen, aber ...*

Ravinel lief auf und ab und fuchtelte mit den Fäusten. «Das ist unvorstellbar! Lucienne muß plötzlich übergeschnappt sein ...» Er steckte den Brief in die Tasche, als ob er es nur ganz mechanisch täte, und sah nach dem Wecker. «Es ist schon ein bißchen spät ... Außerdem Mittwoch, da wird sie wohl in der Klinik sein ... Zu dumm! Sonst hätten wir diese Geschichte sofort aufklären können ... Jedenfalls wird sie von mir was zu hören kriegen.» Er blieb stehen und breitete in einer Geste der Ratlosigkeit weit die Arme aus. «Dabei nennt sich die Frau unsere Freundin! Wir rechnen sie doch fast zur Familie ... Und jetzt so was. Warum bloß? Warum?» Er goß sich ein Glas Wein ein und trank es in einem Zuge aus.

Dann schien er sich ein wenig zu beruhigen. «Willst du etwas essen? Es ist ja schließlich kein Grund zum Fasten, nur weil Lucienne ...»

«Nein, danke.»

«Dann ein Schlückchen Wein?»

«Nein. Nur ein großes Glas Wasser.»

«Wie du willst.»

Er nahm die Karaffe. Er zitterte nicht. Er füllte das Glas und stellte es vor Mireille auf den Tisch.

«Vielleicht hat jemand ihre Handschrift und ihre Unterschrift nachgemacht?»

«Ach wo! Ich kenn sie zu gut ... Und das Briefpapier! Außerdem ist der Brief ja nicht hier aufgegeben; schau den Poststempel: Nantes ... Gestern eingeworfen. Ich hab ihn bei der Nachmittagszustellung um vier bekommen ... Also nein; so eine Gemeinheit!» Sie fuhr sich mit dem Taschentuch über das Gesicht und streckte die Hand nach dem Glas aus. «Ja, ich habe nicht lang gefackelt.»

«Das sieht dir ähnlich.» Ravinel streichelte ihr sanft das Haar. «Lucienne ist vielleicht einfach nur eifersüchtig», sagte er halblaut. «Sie sieht, wie glücklich wir miteinander sind ... Es gibt Menschen, die können es nicht ertragen, wenn andere glücklich sind. Vor drei Jahren, als du krank warst, da hat sie sich ganz reizend um dich gekümmert; aufopfernd geradezu. Man kann ruhig sagen, sie hat dir damals das Leben gerettet ... Du warst immerhin schwer krank. Aber schließlich ist es ja ihr Beruf, den Leuten das Leben zu retten. Und außerdem hat sie vielleicht bloß eine glückliche Hand gehabt. Alle Typhuserkrankungen sind ja auch nicht tödlich.»

«Gewiß, aber denk daran, wie nett sie zu mir war. Sie hat mich doch sogar im Krankenwagen nach Paris bringen lassen. Auf Klinikkosten!»

«Stimmt. Aber wer sagt dir denn, daß sie sich nicht schon damals vorgenommen hat, uns auseinanderzubringen? Denn wenn ich's mir jetzt so überlege ... Sie hat mir Avancen gemacht. Ich hab es bloß nicht begriffen. Ich hab mich immer gewundert, daß ich ihr so oft begegnet bin – rein zufällig ... Mireille, vielleicht ist sie in mich verliebt?»

Da hellte sich zum erstenmal Mireilles Gesicht auf. «Verliebt? In dich alten Brummbär? Was du dir nicht alles einbildest!» Sie trank in kleinen Schlückchen und stellte das leere Glas zurück. Als sie sah, daß Ravinel ganz blaß war und daß seine Augen glitzerten, faßte sie seine Hand und fuhr fort: «Sei doch nicht böse, Liebling. Ich sag es ja nur, um dich ein bißchen zu necken. Jetzt bin ich an der Reihe.»

Zweites Kapitel

«Du hast doch hoffentlich deinem Bruder nichts davon erzählt?»

«Kein Wort! Ich hätte mich viel zu sehr geschämt ... Außerdem blieb mir gerade noch Zeit genug, zum Bahnhof zu laufen.»

«Also weiß niemand, daß du fortgefahren bist?»

«Nein, kein Mensch. Es geht ja auch niemand etwas an.»

Ravinel streckte die Hand nach der Karaffe aus. «Noch ein bißchen Wasser?» Er füllte ihr Glas, ohne sich zu beeilen. Dann legte er die über den Tisch zerstreuten Papiere zusammen. BLACHE UND LEHUÉDÉ ...

Er hielt nachdenklich inne. «Ich sehe eigentlich keine andere Erklärung: Lucienne will uns auseinanderbringen ... Erinnerst du dich noch, wie sie an der Klinik in Paris gearbeitet hat? Es ist jetzt gerade ein Jahr her. Sie hätte damals ganz gut im Hotel wohnen können, aber ... Nein, bei uns mußte sie sich einlogieren!»

«Wir hatten sie doch dazu eingeladen, nach allem, was sie für mich schließlich getan hat!»

«Gewiß, gewiß. Aber mußte sie uns die ganze Zeit auf der Pelle sitzen? Und es hätte nicht viel gefehlt, da hätte sie die Rolle des Hausherren übernommen! Du fingst schon an, nach ihrer Pfeife zu tanzen – als ob du ihr Dienstmädchen gewesen wärst.»

«Na, hör mal – wer im Glashaus sitzt . . . Dich hat sie doch wie einen Hampelmann springen lassen!»

«Wer hat ihr denn immer eine Extrawurst gebraten? Ich doch nicht!»

«Nein; aber immerhin hast du ihr ihre Briefe getippt.»

«Merkwürdige Person!» grübelte Ravinel. «Was hat sie sich eigentlich davon erhoffen können, als sie dir den Brief geschickt hat? Sie hätte sich doch wohl denken können, daß du sofort herkommen würdest . . . Und sie wußte doch auch, daß du mich eben *nicht* bei einem Schäferstündchen erwischen würdest. Wozu also? Es mußte doch sofort herauskommen, daß sie gelogen hatte!»

Mireille schien verwirrt. Ravinel empfand eine Genugtuung darüber. Es würde ihn gekränkt haben, wenn sie Lucienne geglaubt hätte, und nicht ihm.

«Wozu, ja, wozu?» grübelte Mireille. «Dabei hat sie doch ein gutes Herz.»

«Ein gutes Herz! Du hast eine Ahnung! Du kennst sie überhaupt nicht.»

«Ich kenn sie ebenso gut wie du, glaub mir.»

«Der liebe Gott erhalte dir deinen Kinderglauben. Ich hab gesehen, wie sie sich hier benimmt, hier in ihrer vertrauten Umgebung. Du kannst dir das nicht vorstellen! Du müßtest einmal erleben, wie sie zum Beispiel mit den Krankenschwestern umspringt!»

«So schlimm wird's ja wohl nicht sein.» Sie wollte aufstehen, mußte sich aber am Sessel festhalten und sank auf den Sitz zurück. Verwirrt fuhr sie sich mit dem Handrücken über die Stirn.

«Was hast du denn?»

«Ach, nichts. So ein komisches Schwindelgefühl.»

«Das hat uns gerade noch gefehlt! Wenn du jetzt auch noch krank wirst . . . Jedenfalls werden wir einen anderen Arzt rufen und nicht Lucienne.»

Sie gähnte und strich sich mit einer matten Geste das Haar zurück. «Hilf mir mal auf, ja? Ich werde mich ein bißchen langlegen. Ich bin plötzlich so müde, so hundemüde.»

Er faßte sie unter den Armen. Sie drohte nach vorn zu kippen und hielt sich an der Tischkante fest.

«Aber Kindchen! Du darfst dir das nicht so zu Herzen nehmen!»

Er mußte sie fast tragen. Im Schlafzimmer wurden ihr die Knie weich und knickten ein. Ihre Füße schleiften über den Fußboden; und sie verlor einen Schuh. Außer Atem ließ Ravinel sie aufs Bett fallen. Sie war kalkweiß und schien nach Luft zu ringen.

«Ich glaube, ich habe ... Es war nicht recht von mir ...» Ihre Stimme war nur noch ein Flüstern, aber in ihren Augen glomm noch eine schwache Lebensflamme.

«Wolltest du dich nicht dieser Tage mit Germain oder Marthe treffen?» fragte Ravinel.

«Nein, nicht vor nächster Woche.»

Er zog die Decke über ihre Beine. Mireilles Augen ließen ihn nicht los und waren plötzlich angsterfüllt; in ihrem Blick war das unklare Mühen zu lesen, einen Gedanken festzuhalten, der ihr zu entgleiten drohte.

«Fernand!»

«Was ist denn noch? Ruh dich doch aus.»

«... das Glas ... das Wasser ...»

Es lohnte nicht mehr, zu lügen. Ravinel wollte vom Bett fortgehen. Die Augen folgten ihm flehend.

«Schlaf!» schrie er.

Mireilles Lider flatterten ein paarmal. Nur ein winziger Punkt hellen Bewußtseins funkelte noch in den Pupillen, dann erlosch auch er, und die Augen schlossen sich langsam.

Ravinel fuhr sich in einer jähen Bewegung mit der Hand über das Gesicht, wie jemand, der ein Spinnweb auf der Haut fühlt. Mireille rührte sich nicht mehr. Zwischen ihren geschminkten Lippen sahen die Zähne sehr weiß aus.

Ravinel verließ das Schlafzimmer; er tastete sich durch den Korridor. Ihn schwindelte ein wenig. Auf seiner Netzhaut haftete das Bild von Mireilles Augen, ein gelbliches Bild, bald glänzend, bald matt; es flatterte vor ihm her wie ein geflügelter Alptraum ... ein Alptraumschmetterling.

Mit drei Schritten durchquerte er das Gärtchen, öffnete das Gittertor, das Mireille angelehnt gelassen hatte, und rief halblaut: «Lucienne.»

Sie tauchte sogleich aus dem Schatten auf.

«Komm!» sagte er. «Es ist geschafft.»

Sie trat vor ihm ins Haus. «Kümmere dich um die Wanne.»

Doch er folgte ihr ins Schlafzimmer. Unterwegs hob er den Schuh auf und stellte ihn auf den Kamin; er mußte sich gegen den Marmor stützen. Lucienne zog Mireilles Lider hoch, erst das eine, dann das andere. Man sah den weißlichen Augapfel und die leblose, wie auf die Hornhaut aufgemalte Pupille. Ravinel stand wie gebannt und konnte den Blick nicht abwenden. Er fühlte, wie jede Bewegung Luciennes sich seinem Gedächtnis einprägte, sich festfraß wie eine schauerliche Tätowierung.

In einer Illustrierten hatte er einmal einen Tatsachenbericht über ein Wahrheitsserum gelesen. Wenn die Polizei ... Er zitterte, faltete die Hände und verbarg sie dann, über diese Gebärde des Bittens erschrokken, hinter dem Rücken. Lucienne fühlte aufmerksam Mireilles Puls. Ihre langen, nervigen Finger tasteten das weiße Handgelenk ab wie flinke Tiere, fanden, was sie suchten, erstarrten und schlossen sich zusammen ... Lucienne sagte, ohne sich zu rühren: «Die Wanne. Rasch!»

Sie sagte es mit ihrer Arztstimme, einer etwas trockenen Stimme, die gewohnt war, Anweisungen zu geben und keinen Widerspruch zu dulden; es war die gleiche Stimme, die Ravinel beruhigte, wenn ihm sein Herz zu schaffen machte. Er schleppte sich ins Badezimmer, drehte den Hahn auf, und das Wasser schoß mit lautem Rauschen in die Wanne. Ängstlich schloß er den Hahn wieder halb.

«Was ist denn los?» rief Lucienne.

Da er nicht antwortete, kam sie bis zur Schwelle.

«Der Lärm», sagte er. «Er wird sie aufwecken.»

Sie hielt es nicht einmal für nötig, zu antworten. Sie drehte den Kaltwasserhahn ganz auf, dann auch den Warmwasserhahn. Darauf ging sie ins Schlafzimmer zurück. Langsam füllte sich die Wanne; in dem grünlichen Wasser stiegen Luftblasen auf, und es bildete sich an der Oberfläche leichter Dampf, der sich in sehr runden, dicht beieinander hängenden Tropfen auf dem weißen Email der Wanne, an der Wand und sogar an der Glasplatte über dem Waschbecken kondensierte. Auch der Spiegel beschlug und Ravinel sah darin nur seine verwischte, unkenntliche Silhouette. Er prüfte die Wassertemperatur, als ob es sich tatsächlich um ein Bad handelte, und plötzlich richtete er sich auf. Es hämmerte in seinen Schläfen. Auf einmal brach die ganze Wahrheit über ihn herein, die er immer wieder verdrängt hatte. Es war wie ein Faustschlag, wie eine grelle Erleuchtung. Er begriff jählings, was er zu tun sich anschickte, und ein heftiges Zittern überfiel ihn. Aber es klang rasch wieder ab. Die Erkenntnis, daß er im Begriff stand, ein Verbrechen zu begehen, versank wieder in seinem Unterbewußtsein. Mireille hatte ein Schlafmittel getrunken. Eine Badewanne lief voll. Daran war doch nichts Verbrecherisches. Das war doch ganz normal, ganz alltäglich. Er hatte ein Glas mit Wasser gefüllt, seine Frau aufs Bett getragen ... Nein, kein Verbrechen. Mireille würde sozusagen aus eigenem Verschulden sterben, wie an einer durch Unvorsichtigkeit erworbenen Krankheit. Da gab es gar keinen Verantwortlichen. Niemand haßte sie, die arme Mireille. Dazu war sie viel zu unbedeutend ... Und dennoch, als Ravinel ins Schlafzimmer zurückgekommen war ... Es war wie eine Art absurder Traum. Er wußte nicht mehr recht, ob er nicht überhaupt bloß träumte ... Nein. Er träumte nicht. Das Wasser floß mit dumpfem Rauschen in die Wanne. Die Gestalt lag immer noch dort auf dem Bett, und auf dem Kaminsims stand ein Frauenschuh. Lucienne kramte ohne Hast in Mireilles Handtasche.

«Na, hör mal!» sagte Ravinel.

«Ich suche ihr Billett», erklärte Lucienne. «Wahrscheinlich hat sie doch hin und zurück genommen. Man muß an alles denken! ... Und mein Brief? Hast du ihn ihr abgenommen?»

«Ja. Ich hab ihn in der Tasche.»

«Verbrenne ihn; und zwar sofort. Du wärst imstande, es zu vergessen. Nimm den Aschenbecher dort auf dem Nachttisch.»

Ravinel entzündete mit seinem Feuerzeug eine Ecke des Umschlags und ließ den Brief erst fallen, als die Flamme schon seine Finger beleckte. Das Papier krümmte sich im Aschenbecher und rollte sich mit rötlich gezacktem, knisterndem Rand zusammen.

«Hat sie niemandem erzählt, daß sie verreisen wollte?»

«Nein.»

«Auch Germain nicht?»

«Nein.»

«Gib mir den Schuh.»

Er nahm den Schuh vom Kaminsims, und ein Schluchzen schnürte ihm die Kehle zu.

Lucienne zog Mireille den Schuh geschickt wieder an. «Schau nach dem Wasser», sagte sie. «Ich glaube, es langt jetzt.»

Ravinel bewegte sich jetzt wie ein Schlafwandler. Er drehte die Hähne zu, und die jähe Stille betäubte ihn. Er sah sein Gesicht im Wasser, ein wenig verschwommen durch den Dampf. Ein kahler Schädel, dichte Brauen, struppig und beinahe rothaarig, und ein bürstenförmiger Schnurrbart unter der merkwürdig geformten Nase. Das Gesicht eines energischen, fast brutalen Mannes. Aber bloß eine Maske, die gewöhnlich die Leute täuschte, die sogar Ravinel selbst viele Jahre lang getäuscht hatte; Lucienne hatte sie vom ersten Augenblick an durchschaut.

«Mach schnell!» rief sie.

Er zuckte zusammen und kam zum Bett zurück. Lucienne hob Mireilles Oberkörper an und versuchte, ihr den Mantel auszuziehen. Mireilles Kopf schwankte hin und her und fiel von einer Schulter auf die andere.

«Faß doch mit an!»

Ravinel mußte die Zähne zusammenbeißen, während Lucienne mit sicherem Griff Mireilles Arme aus den Ärmeln zog.

«Heb sie hoch!»

Ravinel hob Mireille hoch und mußte sie dabei an sich drücken; es war wie eine Liebesumarmung. Entsetzlich. Er legte sie auf das Kopfkissen zurück, wischte sich die Hände ab und atmete hörbar. Lucienne faltete den Mantel ordentlich zusammen und brachte ihn ins Eßzimmer, wo Mireilles Hut liegengeblieben war. Ravinel mußte sich setzen. Der

Augenblick war da. Es gab kein Zurück mehr. Er konnte sich nicht mehr damit trösten, noch sei Zeit, es sich anders zu überlegen. Der Gedanke war ihm mehrmals gekommen, hatte ihm sogar eine gewisse Sicherheit gegeben. Er hatte sich gesagt, daß er im letzten Moment vielleicht ... Er verschob es immer auf später; solange man sich eine Tat nur vorstellt, behält sie immer eine gewisse beruhigende Verschwommenheit. Noch ist man Herr über sie. Sie ist noch nicht wirklich. Jetzt aber stand sie real vor ihm. Lucienne kam ins Zimmer zurück, sie tastete nach Ravinels Hand.

«Mir ist nicht gut ...» sagte er heiser. «Dabei geb ich mir die größte Mühe ...»

«Ich nehme sie an den Schultern», sagte sie. «Du brauchst nur die Beine zu halten.»

Jetzt war es zu einer Frage der Selbstachtung geworden. Ravinel gab sich einen Ruck. Seine Finger schlossen sich um Mireilles Fußgelenke. Absurde Sätze schossen ihm durch den Kopf: *Du wirst gar nichts spüren, arme kleine Mireille, glaub es mir! ... Schau, ich ... Ich muß es ja tun ... Aber ich schwöre dir, daß ich dir nicht böse bin. Daß ich dir nicht weh tun will ... Auch ich bin ein kranker Mensch ... Über kurz oder lang werde ich abkratzen ... Herzanfall ...* Er hätte am liebsten geheult. Lucienne stieß mit dem Absatz die Badezimmertür auf. Sie hatte Kräfte wie ein Mann und war gewohnt, Kranke zu tragen.

«Setz sie auf dem Rand ab ... So ... Genügt schon ... Jetzt laß mich nur machen.»

Ravinel trat so hastig zurück, daß er mit dem Ellbogen an das Bord über dem Waschbecken stieß und fast das Zahnputzglas zerschlagen hätte. Lucienne schob zuerst Mireilles Beine ins Wasser, dann ließ sie den ganzen Körper hineingleiten. Die Wanne schwappte über.

«Na los, beeil dich!» sagte Lucienne. «Hol die Feuerböcke aus dem Kamin ... Na ja, im Eßzimmer!»

Ravinel ging hinüber. *Es ist aus ... es ist aus ... Sie ist tot.* Die Worte hämmerten ihm im Schädel. Er wankte zum Tisch, goß sich ein Glas Wein ein und stürzte es hinunter. Ein Eisenbahnzug pfiff unterm Fenster. Wahrscheinlich der Bummelzug nach Rennes ... Auf den Feuerböcken lag etwas Ruß. Sollte er sie abwischen? ... Aber es würde ja doch keiner merken.

Er nahm die Feuerböcke, blieb aber im Schlafzimmer stehen und wagte nicht weiterzugehen. Lucienne stand reglos über die Wanne gebeugt; ihren linken Arm sah man nicht, er war ins Wasser getaucht.

«Stell sie hin!» befahl sie.

Ravinel erkannte ihre Stimme nicht wieder. Er ließ die Feuerböcke auf der Schwelle des Badezimmers stehen; Lucienne griff mit der freien Hand erst nach dem einen, dann nach dem anderen. Obgleich sie sich dabei ziemlich verrenken mußte, machte sie keine einzige überflüssige Bewegung. Das Gewicht der Feuerböcke würde die Leiche unter Wasser halten. Ravinel wankte mit weichen Knien aufs Bett zu und verbarg das Gesicht in den Kissen. Er ließ seinen Kummer aufbrechen. Vor seinen Augen zogen kunterbunt Bilder aus der Vergangenheit vorüber: Mireille, wie sie das Häuschen in Enghien besichtigte. *Den Radioapparat stellen wir ins Schlafzimmer, nicht wahr, Liebling?* Mireille, wie sie die Hände zusammenschlug, als er das neue Auto gekauft hatte: *Man könnte darin sogar schlafen, weißt du, so geräumig ist es . . .* Dann folgten andere, undeutlichere Bilder: ein Motorboot in Antibes, ein Garten voller Blumen, ein Palmbaum . . .

Lucienne ließ Wasser ins Waschbecken laufen. Dann hörte Ravinel, wie die Eau de Cologne-Flasche klapperte. Sie wusch sich methodisch die Hände und die Arme, wie nach einer Operation. Aber auch Lucienne hatte Angst gehabt! Theorien hören sich so schön an. Man tut so, als sei einem an einem Menschenleben nichts gelegen. Man gibt sich abgebrüht. Wer nicht wagt, der nicht gewinnt . . . Schön und gut. Aber dann, wenn der Tod . . . Ja, gewiß: ein sanfter Tod; *Euthanasie,* hat sie gesagt . . . Dann steckt man halt doch zurück. Nein, Luciennes Blick in dem Moment, in dem sie die Feuerböcke ergriff, ihr getrübter, verstörter Blick . . . *Nie werde ich diesen Blick vergessen.* Doch dieser Blick beruhigt ihn auch. *Jetzt sind wir Komplicen. Jetzt kann sie mich nicht mehr fallenlassen. In ein paar Monaten werden wir heiraten. Na ja, man wird sehen . . .* Etwas Bestimmtes hatten sie noch nicht abgesprochen.

Ravinel trocknete sich die Augen und wunderte sich, daß er so heftig geweint hatte. Er setzte sich auf den Bettrand.

«Lucienne?»

«Was ist?» Sie hatte ihre alltägliche Stimme wiedergefunden. Er hätte schwören können, daß sie jetzt Puder auflegte und den Lippenstift benutzte.

«Wenn wir heute abend noch reinen Tisch machten?»

Sie kam aus dem Badezimmer, den Lippenstift noch in der Hand.

«Wenn wir sie . . . fortbrächten?» fuhr Ravinel fort.

«Sag mal, bist du übergeschnappt? Wozu haben wir denn alles bis ins letzte ausgetüftelt?»

«Herrgott noch mal, ich will es eben hinter mir haben!»

Lucienne warf einen letzten Blick nach der Badewanne, knipste das Licht aus und schloß leise die Tür.

«Und dein Alibi? . . . Der Verdacht könnte leicht auf dich fallen; das weißt du doch. Die Polizei könnte darauf kommen, vor allem aber auch die Versicherungsgesellschaft . . . Du mußt dich unbedingt heute abend noch vor Zeugen sehen lassen; heute abend und morgen . . . und auch übermorgen.»

«Allerdings», murmelte er niedergeschlagen.

«Kopf hoch, Fernand! Das Schlimmste haben wir geschafft. Du wirst doch nicht jetzt noch schwach werden?»

Sie streichelte seine Wange. *Ihre Finger riechen nach Kölnisch Wasser.*

Er stand auf und stützte sich dabei auf ihre Schulter. «Du hast recht. Dann seh ich dich also nicht vor . . . Freitag?»

«Leider. Du weißt ja . . . Ich hab die Klinik. Und wo wollen wir uns treffen? . . . Doch wohl nicht hier?»

«Nein, nein!» Er schrie es fast.

«Na, siehst du . . . Wir dürfen jetzt nicht zusammen gesehen werden; es wäre albern, wegen einer . . . einer Kinderei alles aufs Spiel zu setzen.»

«Also übermorgen um acht Uhr?»

«Um acht am quai de l'Ile-Gloriette. Abgemacht. Hoffentlich ist die Nacht so dunkel wie heute.» Sie holte ihm seine Schuhe und die Krawatte und half ihm in den Überzieher. «Was wirst du in den zwei Tagen treiben, du Armer?»

«Ich weiß nicht . . .»

«Du hast sicher in der Umgebung noch ein paar Kunden zu besuchen?»

«Ach, mehr als genug.»

«Dein Koffer ist im Wagen? . . . Rasierzeug? . . . Deine Zahnbürste?»

«Ja, alles unten.»

«Los, dann schwirren wir ab! An der place du Commerce läßt du mich aussteigen.»

In aller Ruhe schloß sie die Türen und drehte den Schlüssel im Gartentor zweimal herum, während er zur Garage hinüberging und aufschloß. Die Lichtpunkte der Lampen am Quai schwammen noch immer in grauen Schwaden. Der Nebel war lau. Irgendwo am Fluß ratterte ein Motor, ein Diesel; hin und wieder hatte er Fehlzündungen. Lucienne stieg zu Ravinel in den Firmenwagen. Nervös verhedderte er sich beim Schalten. Draußen auf der Straße parkte er nach Gefühl; die Bordsteinkante war nicht zu erkennen. Dann ging er zurück und schloß die Garage ab. Das Schloß klemmte. Endlich bekam er es zu. Er hob den Kopf und sah am Haus hinauf. Dann schlug er den Mantelkragen hoch und ging zum Wagen.

«So fahr doch schon!»

Der Wagen fuhr schwerfällig an; die Scheinwerfer drangen nicht durch den Nebel. Es war, als schlüge das Auto einen schmutziggelben Vorhang auseinander, der sich dann an die Windschutzscheibe klebte, obwohl der Scheibenwischer lief. Die Straße verlief neben der Bahnlinie; plötzlich wuchs riesenhaft eine Lokomotive aus dem Nebel und war sofort wieder verschwunden; nur ein hellerer Streifen ließ kurz Schienen und Weichen glitzern.

«Niemand wird mich aussteigen sehen», flüsterte Lucienne.

Ein rotes Signal zeigte den Bauplatz bei der Börse an, und gleichzeitig wurden auch die Lichter der Straßenbahnen sichtbar, die an der place du Commerce in der Wendeschleife warteten.

«Laß mich hier raus!» Sie beugte sich zu ihm und küßte ihn auf die Schläfe. «Sei vorsichtig, ja? Du mußt ganz ruhig sein. Es war nicht zu vermeiden; das weißt du doch.»

Sie schlug die Tür hinter sich zu und drang in die graue Wand ein, träge Dunstwirbel bildeten sich hinter ihr. Ravinel war allein, die Hände um das Lenkrad verkrampft, das von dem laufenden Motor leise vibrierte. Er wußte auf einmal, daß dieser Nebel ... Nein! Es war kein Zufall. Der Nebel hatte eine ganz besondere Bedeutung. Er, Ravinel, saß da in dieser Blechschachtel wie im Vorsaal des Jüngsten Gerichts ... Ravinel ... Ein armer Teufel eher als ein Bösewicht. Er sah sich selbst, sah die dichten, struppigen Augenbrauen ... Fernand Ravinel, der sich wie ein Blinder mit ausgestreckten Händen durch das Leben tastet – durch ewigen Nebel ... Kaum ein paar Silhouetten erkennbar ... trügerische Silhouetten ... Mireille ... und niemals die Sonne. *Sie wird nie aufgehen.* Das wußte er ganz bestimmt. Diesem Land ohne Grenzen würde er niemals entkommen. Eine Seele in Not. Ein Gespenst ... Es war nicht zum erstenmal, daß diese Vorstellung Ravinel quälte. Vielleicht war er wirklich nur ein Gespenst?

Er gab Gas und fuhr im ersten Gang um den Platz herum. Hinter den beschlagenen Scheiben der Cafés sah man Schattenspiele. Eine Nase, eine große Pfeife, eine offene Hand, die plötzlich größer wurde; sie sah aus wie ein sternförmiger Sprung im Glas, und Lichter, Lichter ... Ravinel hatte Bedürfnis nach Licht; ihm war, als sei ihm gleichsam der eigene Körper zu weit geworden, und es drängte ihn, die entstandenen Hohlräume mit Licht auszufüllen. Er hielt vor der Brasserie de la Fosse und trat hinter einem großen blonden, lachenden Mädchen durch die Drehtür. Auch hier drinnen wogten graue Schwaden, aber sie stammten von Zigaretten und Pfeifen. Das Lokal war gut besucht. Ein Kellner balancierte mit ausgestrecktem Arm ein Tablett mit einer Flasche darauf. Blicke hoben sich. Finger schnalzten.

«Firmin! Mein Cognac!»

Münzen klimperten auf den Tischen; eine Registrierkasse malmte zum Geschnatter der Bestellungen Ziffern.

«Und drei Filter ... Nein, drei hab ich gesagt!»

Auf dem Billard rollten die Kugeln und stießen mit einem diskreten *Klack!* aneinander. Der Lärm. Der Lärm des Lebens. Ravinel ließ sich auf eine Eckbank sinken und entspannte alle Muskeln. *Ich bin am Ziel,* dachte er.

Seine Hände lagen vor ihm auf dem Tischchen neben einem viereckigen Aschenbecher, der auf allen vier Flächen in braunen Buchstaben das Wort BYRRH trug. Ein solider Aschenbecher. Zuverlässig. Glatt, wenn man ihn anfaßte.

«Was darf's sein?» Der Kellner neigte sich mit vertraulicher Ehrerbietung zu ihm nieder.

Ravinel, der gerade eben noch nicht gewußt hatte, was er bestellen sollte, sagte: «Ein Punsch, Firmin. Bringen Sie mir einen Punsch!»

«Sehr wohl, Monsieur.»

Langsam vergaß Ravinel die Nacht draußen und das Haus, das er gerade verlassen hatte. Es war ihm warm. Er rauchte eine Zigarette; sie roch gut. Der Kellner hantierte vorsichtig und mit fachmännischem Eifer; die Flamme loderte auf. Eine schöne Flamme; sie schien über dem Getränk spontan in der Luft zu entstehen. Eine blaue Flamme erst, dann wurde sie orangefarben; sie zitterte, bildete feurige Streifen. Ein schöner Anblick. Ravinel mußte plötzlich an einen Kalender denken, den er als kleiner Junge bestaunt hatte; eine kniende Negerin unter einer Gruppe exotischer Bäume an einem goldgelben Strand, den ein blaues Meer bespülte. Die Flamme löste ähnliche Empfindungen in ihm aus wie einst dieses Bild. Und als er das glühende Getränk Schlückchen um Schlückchen trank, war ihm, als flösse Gold in ihn hinein wie eine stille Sonne, vor der die Ängste, Skrupel und Beklemmungen vergingen. Auch er hatte ein Recht zu leben, großzügig, kraftvoll zu leben, ohne irgend jemandem Rechenschaft schuldig zu sein. Er fühlte sich von etwas befreit, was ihn lange bedrückt hatte. Zum erstenmal sah er furchtlos jenen anderen Ravinel, der ihm im Spiegel gegenüberstand. Achtunddreißig Jahre. Bereits das Gesicht eines alten Mannes, und dabei hatte er noch gar nicht angefangen zu leben. Dabei war er irgendwo noch das Kind, das die Negerin und das blaue Meer bestaunte. Doch es war noch nicht zu spät.

«Firmin! Noch einen! Und das Kursbuch.»

«Jawohl, Monsieur.»

Ravinel zog eine Postkarte aus der Tasche. Natürlich hatte Lucienne die Idee gehabt, daß er ein paar Zeilen an Mireille schreiben müsse. *Ich werde am Samstagmorgen ankommen . . .* Er schüttelte seinen Füllfederhalter. Der Kellner kam zurück.

«Sagen Sie, Firmin, den wievielten haben wir heute eigentlich?»

«Den vierten, Monsieur.»

«Den vierten, stimmt . . . Den vierten. Dabei hab ich den ganzen Tag über nichts anderes geschrieben . . . Ach, hätten Sie zufällig eine Briefmarke?»

Das Kursbuch war zerfleddert, voller Fingerabdrücke und Eselsohren.

Doch für solche Dinge war Ravinel nicht empfindlich. Er suchte die Strecke Paris–Lyon–Mittelmeer. Sicherlich würden sie ja von Paris abfahren. Und mit der Bahn; den Firmenwagen würde er dann nicht mehr haben. Die Namen, an denen sein Finger entlanglief, entzückten ihn: Dijon, Lyon, alle Städte des Rhônetals ... RIVIERA-EXPRESS – *Erster und zweiter Klasse – Antibes 7 Uhr 44* – ... Es gab D-Züge, die fuhren durch bis Ventimiglia, andere bis Modena und weiter nach Italien hinein. Es gab Züge mit Speisewagen, andere mit Schlafwagen ... langen blauen Schlafwagen ... Im Rauch seiner Zigarette sah er sie. Er stellte sich ihr Räderrollen vor, und vor den Fenstern die Nacht, eine helle Nacht voller Sterne; eine Nacht, die keine Ängste birgt.

«Wir machen zu, Monsieur.»

Ravinel warf ein paar Münzen auf den Tisch, ließ das Kleingeld liegen. Mit einer Geste schob er Firmin, die Kassiererin und die Vergangenheit beiseite. Die Drehtür verschluckte ihn und spie ihn aufs Trottoir hinaus. Er zögerte, stützte sich einen Augenblick gegen die Hauswand. Seine Gedanken verwirrten sich. Ein Wort drängte sich ihm grundlos auf die Lippen: Tipperary. Er wußte nicht, was es bedeutet. Tipperary? Müde lächelte er vor sich hin.

Drittes Kapitel

Noch anderthalb Tage. Noch einen Tag. Und dann zählte Ravinel die Stunden. Er hatte geglaubt, dieses Warten würde schrecklich sein. Es war gar nicht schrecklich. Doch in gewissem Sinn war es so vielleicht noch schlimmer. Trübsinnig. Endlos. Die Zeit hatte ihr Maß verloren. Ein zu fünf Jahren Gefängnis Verurteilter muß wohl am Anfang seiner Strafe Ähnliches empfinden. Und wenn man lebenslänglich hat? Ravinel verscheuchte diese Vorstellung, aber beharrlich wie eine von Aas angezogene Schmeißfliege surrte sie in seinem Kopf.

Er trinkt. Nicht etwa, damit sich die Kellner an ihn erinnern. Auch nicht, um sich zu betäuben. Sondern nur ... ja, um den Lebensrhythmus zu ändern. Zwischen zwei Gläsern Cognac merkt man manchmal, daß Zeit verstrichen ist, ohne daß man sie registriert hat. Winzige Details käut man wieder; zum Beispiel denkt man an das Hotel, in dem man am Abend zuvor abgestiegen war. Schlechtes Bett. Abscheulicher Kaffee. Ein ewiges Kommen und Gehen. Lokomotivenpfiffe. Das beste wäre natürlich gewesen, Nantes zu verlassen, einen Abstecher nach Redon und nach Anceny zu machen. Aber es war unmöglich abzureisen. Vielleicht, weil das Erwachen von greller Klarsicht begleitet ist, die einem allen Mut nimmt. Man wägt die Chancen ab. Sie scheinen so gering, daß ein Kampf wirklich nicht lohnt. Plötzlich aber, gegen zehn Uhr, kehrt das Vertrauen zurück. Es ist, als ob plötzlich auf alles ein ganz neues Licht fiele und bizarrerweise die Gründe zum Zweifeln in Gründe zum Hoffen verwandle. Dann stößt man tapfer die Tür zum Café Français auf und wagt, sich den Freunden zu stellen. Zwei oder drei sind immer dort, die ihren Kaffee mit Rum trinken.

«Hallo, Fernand, altes Haus!»

«Was machst du denn für ein Gesicht, um Himmels willen?»

Man muß sich zu ihnen setzen. Man muß lächeln. Zum Glück sind sie auch mit der erstbesten Erklärung zufrieden. Lügen ist ja so leicht! Man braucht nur zu behaupten, man habe Zahnschmerzen, und die Pillen hätten einen ganz dusselig gemacht.

«Vergangenes Jahr hatte ich auch mal einen bösen Backenzahn», erzählt Tamisier. «Ich glaub, wenn's noch lange so gegangen wäre – ich wär ins Wasser gesprungen! Nicht auszuhalten, die Schmerzen.»

Merkwürdig, sogar derartige Bemerkungen kann man sich, ohne mit der Wimper zu zucken, anhören. Man redet sich ein, daß man tatsächlich Zahnweh habe, und dann *hat* man es auf einmal. Schon an jenem Abend mit Mireille ... Aber jener Abend war doch ... Herrgott, es war erst gestern abend! Lügt man etwa? Nein, nein. Das ist viel komplizierter. Wie ein Schauspieler schlüpft man plötzlich in eine andere Person. Nur daß der Schauspieler, sobald der Vorhang gefallen ist, wieder er selbst wird. Bei manchen Menschen kann man aber unmöglich wissen, wer der Dargestellte und wer der Darsteller ist.

«Sag mal, Ravinel, taugt eigentlich die Drillangel ‹Rotor› was? Im *Illustrierten Angelsport* wird sie empfohlen.»

«Recht brauchbar, besonders am Meer.»

Ein Novembervormittag mit bleichem Sonnenschein hinter dem Dunst. Nasse Trottoirs. An der Ecke des Cafés drüben fährt ab und zu eine Straßenbahn durch die Kurve, und ihre Räder kreischen in den Schienen mit einem langgezogenen, schrillen, dabei gar nicht unangenehmen Ton.

«Zu Hause alles in Ordnung?»

«Danke, ja.»

Und auch dabei hat er nicht gelogen. Ein bißchen verwirrend ist diese Verdoppelung!

«Ein Hundeleben!» meinte Bellœil. «Immer unterwegs! ... Hast du eigentlich niemals Lust gehabt, den Pariser Bezirk zu übernehmen?»

«Nein. Erstens ist der für die älteren Vertreter reserviert, und zweitens kann man doch hier viel mehr verkaufen.»

«Ich hab mich immer gefragt, wie du zu diesem Beruf gekommen bist – du mit deiner Bildung!» meint Tamisier und setzt Bellœil weitschweifig auseinander, daß Ravinel Volljurist ist. Wie soll man ihnen aber klarmachen, was einem selbst immer rätselhaft geblieben ist? War es der verführerische Reiz des Wassers? . . .

«Schmerzen, wie?» fragt halblaut Bellœil.

«Ja, scheußlich.»

Der verführerische Reiz des Wassers und die Poesie – ja, von Poesie kann man sprechen . . . die Poesie der lackglänzenden, gebrechlichen, komplizierten Geräte. Vielleicht war es ein bißchen kindisch, eine Neigung, die nur verriet, daß man die Kindheit nicht ganz bewältigt hatte. Doch warum hätte man sie denn auch bewältigen sollen? Etwa um ein Kerl wie dieser Bellœil zu werden, der Hemden und Krawatten verkauft und sich zwischen zwei Kundenbesuchen langsam, geduldig, hoffnungslos dem Delirium tremens entgegensäuft? Alle diese Menschen liegen angeschmiedet an einer unsichtbaren Kette. Kann man ihnen aber ins Gesicht sagen, daß man sie ein wenig verachtet, weil man selbst zur stärkeren Rasse der Nomaden gehört, weil man im Schwerelosen tätig ist, weil man Träume verkauft, wenn man auf einer Theke Angelhaken, künstliche Fliegen und vielfarbige Köder aufreiht, Köder, die ihren Namen wirklich zu Recht tragen? Man hat natürlich wie alle Welt einen Beruf. Aber eigentlich ist es mehr als ein Broterwerb – es ist fast ein *Beruf* im eigentlichen Sinne des Wortes, wie Malerei oder Schriftstellerei . . . Das läßt sich nicht leicht erklären. Fischen ist eine Art von Flucht. Wovor aber flieht man? Da liegt das Problem.

. . . Ravinel fährt zusammen. Halb zehn. Seit einer Dreiviertelstunde schon wälzt er Erinnerungen an den gestrigen Abend.

«*Garçon!* Einen Cognac!»

Was hatte sich nach der Episode im Café begeben?

Er hat Le Flem am pont de Pirmil besucht. Le Flem hat drei leichte Schrotflinten bestellt. Ein Friseur war in das Geschäft gekommen und hatte von riesigen Hechten berichtet, die er in irgendeinem Fischwasser der Gegend an jedem Wochenende fängt. Ein Gespräch spann sich an. Man hat vom Angeln mit der Fliege gesprochen. Der Friseur hatte kein Zutrauen zu künstlichen Fliegen. Um ihn zu überzeugen, mußte Ravinel mit einer Rebhuhnfeder eine *Hitchcock* fabrizieren. Er versteht wie sonst niemand in ganz Frankreich, vielleicht wie niemand in Europa, Fliegen zu verfertigen. Er hat auch die richtige Art und Weise, den Angelhaken in der linken Hand zu halten und vor allem die Feder darum zu wickeln, so daß jedes Fäserchen der Feder sich bauscht und das Knötchen sich zuzieht. Den Trick mit dem Lack kann schließlich jeder nachmachen. Jedoch das Bauschen der winzigen Härchen, das Anbringen der Fühler, jener antennenähnlichen Gebilde, welche die Fliege erst wie lebend aussehen lassen. Auch die Wahl der Farben – all das macht erst die wirkliche Kunst aus. Die Fliege zittert in der hohlen Hand . . . Nur eines Hauchs bedürfte es, damit sie davonflöge. Die Illusion ist so vollständig, daß es fast ein unbehagliches Gefühl ist, das behaarte Insekt so auf der bloßen Haut sitzen zu sehen; man möchte es am liebsten totdrücken.

«Na, so was!» staunt der Friseur.

Le Flem tut so, als ob er anhaue mit schnickender Hand, und ein nicht vorhandener Bambusstab krümmt sich in seiner Faust zum Bogen. Durch seinen Arm läuft ein Zittern, als ob der Fisch da drunten im Wasser zu entkommen strebe.

«Heftig müssen Sie den Nerfling anhauen – und hoppla, schon haben Sie ihn!» Seine linke Hand schiebt flink einen imaginären Kescher unter den bezwungenen Fisch. Das hat er raus, dieser Le Flem.

Die Stunden sind verstrichen. Nachmittags Kino. Abends Kino. Ein anderes Hotel. Diesmal ist es zu lautlos. Auf quälende Weise ist Mireille immer gegenwärtig. Nicht Mireille in der Badewanne, sondern Mireille in Enghien. Eine sehr lebendige Mireille, der man gar zu gern seine Ängste anvertraut hätte. *Was würdest du an meiner Stelle tun, Mireille?* Ein Zwang, sich einzugestehen, daß man sie immer noch liebt, oder ... Nein: daß man jetzt erst beginnt, sie schüchtern zu lieben ... Es ist grotesk. Es ist widerwärtig. Und dennoch ...

«Nanu! Das ist doch Ravinel?»

«Wie?»

Zwei Männer sind vor seinem Tisch stehengeblieben, Cadiou und noch ein anderer, ein langer hagerer in einem Anorak. Der starrt ihm ins Gesicht, als ob er ...

«Du kennst doch Larmingeat?» sagt Cadiou.

Larmingeat! Früher hat Ravinel ihn gut gekannt; er war in seiner Klasse und hat ihm bei den Schulaufgaben geholfen. Sie sehen sich an.

Larmingeat streckt als erster die Hand aus. «Fernand! So eine Überraschung ... Gut fünfundzwanzig Jahre muß das jetzt her sein ...»

Cadiou klatscht in die Hände. «Drei Cognacs!»

Trotzdem herrscht zunächst eine gewisse Verlegenheit. Dieser Kerl mit der Hakennase und den kalten Augen soll Larmingeat sein?

«Was bist du geworden?» fragte Ravinel.

«Architekt ... Und du?»

«Ich? Na ja ... Handelsvertreter.»

Es reißt gleich einen Abgrund auf. Larmingeat weicht aus; er wendet sich an Cadiou. «Wir waren zusammen auf der Schule in Brest. Ich glaube, wir haben auch die Abschlußprüfung gemeinsam gemacht. Mein Gott, wie lang ist das alles her!» Er wärmt seinen Cognac in der geschlossenen Faust, dreht sich wieder Ravinel zu. «Was machen deine Eltern?»

«Beide schon tot.»

Larmingeat seufzt und erklärt Cadiou: «Sein Vater war Gymnasiallehrer. Ich seh ihn noch vor mir, mit seinem Regenschirm und seiner Aktentasche ... Und immer so ernst! Gelächelt hat er nicht oft.»

Nein. Er lächelte nicht oft. Er war schwindsüchtig. Doch das braucht

Larmingeat ja nicht zu wissen. Sprechen wir nicht weiter von diesem Vater, der immer Schwarz trug und dem die Schüler den Spitznamen ‹Sardine› gegeben hatten. Eigentlich war es ja seine Schuld gewesen, daß Ravinel keine Lust zum Studium gehabt hatte. Seine ewige Leier: *Wenn ich einmal nicht mehr da bin . . . Wenn du mich nicht mehr haben wirst* . . . Und immer hieß es büffeln, büffeln . . . Bei Tisch hielt er im Essen inne und fixierte unter seinen buschigen Brauen, den Brauen der Ravinels, seinen Sohn: *Fernand, wann war der Friede von Campoformio? Welches ist die Formel für Butangas? Wie lautet die Regel für die Zeitfolge im Lateinischen?* Er war ein pedantisch gewissenhafter Mann, der über alles Kartei führte. Für ihn war Geographie nur eine Liste von Städtenamen, Geschichte eine Liste von Daten, der Mensch eine Liste von Bezeichnungen der Knochen und Nerven. Noch heute bricht Ravinel der kalte Schweiß aus, wenn er an sein Abitur denkt. Und oft fallen ihm wie Alptraumfetzen bizarre Namen und Begriffe ein: *Glaukonitformation . . . Spanischer Erbfolgekrieg . . .* H_2SO_4 *. . . Hypotenusenquadrat* . . . Man ist nicht ungestraft der Sohn der ‹Sardine›. Was würde Larmingeat dazu sagen, wenn er wüßte, daß Ravinel um den Tod seines Vaters gebetet, daß er alle Symptome des nahenden Endes belauert hat? Ach, er weiß in medizinischen Dingen Bescheid; er weiß, was etwas Schaum im Mundwinkel und eine gewisse Art, abends hohl zu husten, zu bedeuten haben . . . Dieses ständige Getue um die Gesundheit, die ständige Sorge um die Temperatur: kein Fieber? Die Angst vor einem Wetterumschlag. Seine Mutter hatte immer gesagt: *Bei uns werden die Knochen nicht alt.* Sie starb ohne viel Aufhebens ein paar Monate nach ihrem Mann, vom ewigen Rechnen und der Sparsamkeit verbraucht. Ravinel fühlt sich auch heute, nach all den Jahren, noch als Waisenkind – vielleicht, weil er keine Geschwister hat. Etwas in ihm hat sich nicht entwickeln können, und er fährt jedesmal zusammen, wenn eine Tür zuschlägt, oder wenn man ihn unversehens anredet. Er hat Angst vor Fragen, mit denen man ihn überraschend behelligt. Er liebt es nicht, unerwartet ausgeforscht zu werden. Natürlich fragt ihn niemand mehr nach dem Datum des Friedens von Campoformio, aber er hat immer Angst, keine Antwort zu wissen und irgend etwas Wesentliches vergessen zu haben. Und es ist ja auch tatsächlich vorgekommen, daß ihm seine Telefonnummer oder die Nummer seines Wagens entfallen war. Eines Tages wird er noch seinen Namen vergessen. Weder Sohn noch Gatte, noch sonst irgend etwas wird er sein . . . Nur noch ein Mensch unter anderen Menschen, und, wer weiß, vielleicht wird er an diesem Tag dann endlich glücklich sein, auf eine verbotene Weise . . .

«Weißt du noch, wie wir uns bei der pointe-des-Espagnols herumgetrieben haben?»

Ravinel kommt allmählich wieder an die Oberfläche zurück. Ach so! Larmingeat.

«Damals hätte ich den Ravinel gern gekannt», sagte Cadiou. «Kann mir denken, daß er ein Rauhbein war, was?»

«Ein Rauhbein?»

Larmingeat und Ravinel sehen sich an. Sie lächeln einander zu, und das ist, als ob sie einen Pakt miteinander geschlossen hätten. Denn Cadiou würde ja nicht verstehen können . . .

«Ein Rauhbein? Ja, wenn man so will», sagt Larmingeat und fragt dann: «Bist du verheiratet?»

Ravinel blickt auf seinen Ehering und errötet. «Ja. Wir wohnen in Enghien, bei Paris.»

«Kenn ich.»

In der Unterhaltung klaffen Lücken. Man hat reichlich Gelegenheit, einander zu betrachten. Auch Larmingeat trägt einen Ehering. Manchmal wischt er sich die Augen, denn er ist nicht gewohnt, Alkohol zu trinken. Man könnte ihn ausfragen, aber wozu? Für das Leben der anderen hat Ravinel sich noch nie interessiert. Schließlich ruft Ravinel nach dem Kellner.

«Pressiert's denn so?» fragt Cadiou.

«Ja, ich habe eine Verabredung. Du entschuldigst mich, Larmingeat.»

Er drückt zwei schlaffe Hände. Larmingeat sieht ein wenig beleidigt aus. Wo er doch gerade so diskret war . . .

«Immerhin hättest du mit uns essen können», knurrt Cadiou.

«Ein anderes Mal.»

«Ich verlaß mich drauf. Ich will dir das Grundstück zeigen, das ich am pont de Cens erworben habe.»

Mit raschen Schritten geht Ravinel hinaus. Er macht sich Vorwürfe, daß es ihm an Kaltblütigkeit fehle; aber es ist schließlich nicht seine Schuld, daß er so sensibel ist. Hätte ein anderer an seiner Stelle . . .?

Die Stunden verstreichen. Er fährt zur Tankstelle von L'Erdre. Ölwechsel. Abschmieren. Volltanken. Er läßt aus Vorsicht auch zwei Kanister füllen. Dann fährt er zur place du Commerce, entlang der Börse, überquert die Esplanade der Joliette-Insel. Links sieht er den Hafen und die Lichter eines Schiffs, das auf der von Spiegelungen ganz gestreiften Loire meerwärts dampft. Noch nie hat er sich den Dingen so nahe gefühlt, so seiner selbst ledig, und doch krampft sich seine Brust schmerzhaft zusammen; seine Nerven sind angespannt, denn es steht ihm eine seelische Kraftprobe bevor, die es zu bestehen gilt. Ein unendlich langer Güterzug rattert vorüber. Ravinel zählt die Waggons. Achtundfünfzig. Lucienne hat jetzt gewiß die Klinik verlassen. Eigentlich sollte *sie* den Rest der Arbeit ruhig erledigen! Schließlich ist *sie* es gewesen, die alles ausgedacht hat . . . Halt – die Zeltbahn . . . Er weiß, daß sie hinten im

Wagen zusammengefaltet liegt; trotzdem dreht er sich um, um nachzuschauen. Eine ‹California›-Zeltbahn, wie er sie in seiner Musterkollektion für Camping-Bedarf führt. Als er sich nach vorn wendet, bemerkt er Lucienne. Auf ihren Kreppsohlen kommt sie geräuschlos heran.

«Guten Abend, Fernand ... Wie geht's? ... Nicht zu müde?»

Noch ehe sie den Wagenschlag öffnet, hat sie schon ihre Handschuhe ausgezogen, um Ravinels Puls zu fühlen. Sie sieht ihn vorwurfsvoll an: «Du siehst aber ziemlich nervös aus. Und getrunken hast du auch ... Wie du riechst!»

«Das war unvermeidlich», knurrt er und drückt auf den Anlasser. «Du hast mir doch selbst geraten, mich sehen zu lassen.»

Er fährt den quai de la Fosse entlang. Es ist die Stunde des Schichtwechsels. Dutzende von kleinen, hin und her schwirrenden Lichtern kreuzen sich in der Nacht: die Lampen der Radfahrer. Man muß die Augen offenhalten, doch Ravinel – mag er auch kein sehr guter Mechaniker sein – versteht dafür zu fahren. Geschickt schlängelt er sich durch. Hinter der Verladerampe wird der Verkehr lichter.

«Gib mir die Schlüssel», sagt Lucienne leise.

Er wendet und fährt im Rückwärtsgang in die Garage, und sie schließt die Tür. Ravinel hätte jetzt gern einen Cognac gehabt.

«Die Zeltbahn», sagt Lucienne.

Sie öffnet die hintere Garagentür und lauscht. Dann steigt sie über die beiden Stufen und tritt ins Haus, während Ravinel die Zeltbahn aus dem Wagen nimmt, sie ausbreitet und zusammenrollt. Und dann hört er das Rauschen, vor dem er sich gefürchtet hat ... Das Wasser rauscht ... Das Wasser, das aus der Badewanne ausläuft. Das Abflußrohr führt durch die Garage ... Er hat schon öfter Ertrunkene gesehen. In seinem Beruf hält man sich zwangsläufig viel an Flußufern auf. So ein Ertrunkener ist kein erhebender Anblick. Schwärzlich, aufgebläht. Die Haut platzt unter dem Bootshaken ... Er steigt die zwei Stufen hinauf. In der Stille des Hauses leert sich die Badewanne mit Rülpsen und Gurgeln ... Ravinel tritt in den Korridor und bleibt auf der Schwelle des Schlafzimmers stehen. Die Tür zum Bad steht offen. Lucienne hat sich über die Wanne gebeugt, aus der ein letztes Gegurgel tönt. Er starrt an Lucienne vorbei, sieht etwas ... Die Zeltbahn fällt zu Boden. Ravinel weiß nicht mehr, ob er sie losgelassen hat oder ob sie ihm entglitten ist ... Er dreht sich halb um und tritt in das Eßzimmer. Die Weinflasche steht noch neben der Karaffe auf dem Tisch. Er trinkt aus der Flasche, bis ihm fast der Atem vergeht. Was jetzt? Los, entschließ dich! Er geht zurück und hebt die Zeltbahn auf.

«Glatt ausbreiten», befiehlt Lucienne.

«Was?»

«Die Zeltbahn.»

Sie hat ein hartes, unerbittliches Gesicht, wie er es noch nicht an ihr kennt. Ravinel rollt die wasserdichte Leinwand auseinander. Sie bildet einen großen graugrünen Teppich, ein wenig zu groß für das Badezimmer.

«Ist sie . . .?» flüstert Ravinel.

Lucienne hat den Mantel abgelegt und die Ärmel hochgekrempelt.

«Ist sie auch wirklich . . .?» wiederholt Ravinel.

«Was hast du denn gedacht? Nach achtundvierzig Stunden . . .»

Merkwürdige Macht der Worte! Ravinel fühlt plötzlich eine Kälte; für Mireille ist ihm auf einmal kalt. Er will sehen. Er beugt sich über die Wanne wie jemand, der leicht schwindlig wird. Er erblickt den Rock, der an den Beinen klebt, die gebogenen Arme mit den um den Hals verkrampften Händen . . .

Er fährt zurück und stößt einen Schrei aus. Er hat Mireilles Gesicht gesehen, die triefenden Haare, die an der Stirn kleben und wie Algen über den Augen liegen. Er hat auch die entblößten Zähne gesehen, den erstarrten Mund . . .

«Hilf mir», sagt Lucienne.

Er stützt sich aufs Waschbecken. Übelkeit würgt ihn. «Augenblick . . . Gleich . . .» Es ist entsetzlich. Und zugleich muß er sich auch wieder eingestehen, daß er sich es noch schlimmer vorgestellt hatte. Die Ertrunkenen aus den Flüssen haben länger im Wasser gelegen. Während hier . . .

Er richtet sich auf, zieht Überzieher und Jacke aus.

«Nimm die Beine», befiehlt Lucienne.

Das Manöver ist nicht einfach, die Last wird schwer. Tropfen klatschen laut. Die Beine sind steif, eisig. Der Körper Mireilles gleitet über den Rand der Wanne. Sie legen ihn auf die Zeltbahn, und Lucienne rollt das Ganze rasch und geschickt zu einem Paket zusammen. Zu ihren Füßen liegt nun nur noch eine Rolle aus naßglänzender Leinwand, aus der ein wenig Wasser sickert. Man braucht nur die beiden Enden der Zeltbahn zusammenzudrehen, um einen Griff zu haben. Und sie tragen, hintereinandergehend, ihre Last durch das Haus.

«Du hättest den Wagen schon aufmachen können», meint Lucienne.

Ravinel hebt die hintere Klappe des Kombiwagens hoch, klettert hinein und zieht das Paket zu sich herein. Weil es zu lang ist, muß er es diagonal unterbringen. «Wir hätten es besser zugebunden», stellt er fest.

Über diese Bemerkung ist er sich selber gram. Der Handelsvertreter hat sie gemacht, nicht der Gatte. *Warum hat Lucienne nicht . . . Sie denkt doch sonst an alles.*

«Wir werden dort keine Zeit zu verlieren haben. Es muß auch so gehen.»

Ravinel klettert aus dem Wagen und reibt sich die Seiten. Endlich! Das hat er hinter sich. Er ist ein wenig erschüttert. Er hat nicht alle Energie gebraucht, die er angesammelt hatte, und es bleibt ihm noch unverbrauchte Kraft, die nun in überflüssigen, fahrigen Bewegungen verpufft. Er zerrt an seinen Fingern, kratzt sich am Kopf, schneuzt sich, kratzt sich.

«Du wartest hier», sagt Lucienne. «Ich mach drinnen ein bißchen Ordnung.»

«Nein! ... Ich komme mit!»

Er kann einfach nicht in der spärlich erleuchteten Garage ganz allein das Warten ertragen. Sie gehen zusammen hinauf. Lucienne räumt im Eßzimmer auf, leert die Karaffe, trocknet sie ab. Sie wischt im Bad das auf die Fliesen getropfte Wasser auf. Sie zieht sich wieder an, hilft ihm in die Jacke, bürstet ihn ab und deckt das Bett zu. Alles ist wieder in Ordnung. Zum letztenmal sehen sie überall noch einmal nach, Ravinel schon mit dem Hut auf dem Kopf, Lucienne in Handschuhen. Sie hat auch schon den Mantel und die Handtasche Mireilles aufgenommen ... Alles in Ordnung, ja. Sie dreht sich zu ihm um.

«Zufrieden, Liebling? ... Gib mir einen Kuß.»

Um Himmels willen nicht! Nicht hier. Sie hat kein Herz. Es gibt Augenblicke, in denen er sie nicht versteht, in denen sie ihm völlig gewissenlos vorkommt. Er schiebt sie in den Korridor. Er schließt die Tür ab. Dann geht er in die Garage zurück, wirft einen letzten prüfenden Blick auf den Wagen, prüft auch mit der Schuhspitze, ob die Reifen genügend Luft haben. Lucienne ist schon eingestiegen. Er fährt auf die Straße und geht die Garagentür schließen. Das Auto steht da, den Blicken preisgegeben. Wenn nun ein Neugieriger ...? Die Angst kehrt zurück. Ravinel knallt den Wagenschlag zu, startet. Er flitzt in der Richtung zum Bahnhof, bevorzugt schlecht erleuchtete Straßen und kommt zur rue du Général'Buat. Der Wagen droht auf dem Kopfsteinpflaster zu schlittern. Sie überholen Straßenbahnen, die langsam dahinrasseln und hinter deren beschlagenen Scheiben dunkle Silhouetten durcheinandergeschüttelt werden.

«Fahr nicht so schnell», sagt Lucienne.

Doch Ravinel hat es eilig, aus der Stadt zu kommen. Tankstellen ziehen vorüber, rote, weiße ... Arbeiterhäuschen ... Fabrikmauern ... Vor ihnen senken sich glitzernd die Eisenbahnschranken. Jetzt erst kommt die Angst, wächst, wird immer größer ... Ravinel hält hinter einem Lastwagen und löscht die Scheinwerfer.

«Du mußt das Standlicht brennen lassen.»

Ist diese Frau aus Holz? Der Zug fährt vorüber; Waggons mit Leergut, vorn eine alte Lok, deren Feuerloch die Nacht brandig erleuchtet. Die Schranke schwingt hoch. Der Lastwagen setzt sich in Fahrt. Die Straße ist frei. Ravinel würde gern beten. Aber er hat alle Gebete vergessen.

Viertes Kapitel

Ravinel ist oft mit dem Wagen nachts unterwegs. Es macht ihm Spaß. Man jagt mit Höchstgeschwindigkeit in die Dunkelheit hinein. Selbst wenn es durch Dörfer geht, nimmt man das Gas nicht weg. Die Scheinwerfer fressen sich in die Nacht; es ist, als stände der Wagen still, und das helle Band der Straße sei es, das rasend schnell unter einem wegsaust. Dann wieder ist es, als säße man in der Achterbahn; die weißen Pfosten, die die Kurven kennzeichnen, flitzen in schwindelerregendem Tempo vorüber. Und man fühlt sich plötzlich wie ein Zauberkünstler, der dies alles erschafft, aus dem Nichts holt, indem er leicht mit dem Zauberstab an den Horizont tippt. Man träumt. Man läßt den Körper hinter dem Steuerrad zurück, ist nur noch irrende Seele, die durch die schlafende Welt geistert. Straßen, Wiesen, Kirchen, Bahnhöfe gleiten lautlos vorbei und sind verschwunden. Hat es sie jemals gegeben? Man ist Herr über die Formen. Man braucht das Gaspedal nur einen Zentimeter weiter durchzutreten, und man sieht nur noch waagerechte Linien, die auf und ab schwingen und wie Tunnelwände an den Wagenfenstern rauschen. Hebt man aber den ermüdeten Fuß, wechselt das Bild jäh; noch ist es ebenso unreal; noch stürmen die flüchtigen Eindrücke auf die Netzhaut ein. Manche bleiben haften, von der Geschwindigkeit angeklatscht, wie dürre Blätter, die vom Fahrtwind an den Kühler oder gegen die Windschutzscheibe gepreßt werden. Ein Brunnen. Ein Karren. Ein Bahnwärterhäuschen. Das Leuchtschild einer Apotheke, die Nachtdienst hat ... Ravinel liebt die Nacht. Angers liegt hinter ihnen, ist nur noch ein Klumpen langsam wandernder Lichtpunkte im Rückspiegel; dann ist es wieder dunkel. Die Straße liegt verlassen. Lucienne bleibt schweigsam, sie hat die Hände in die Mantelärmel geschoben und das Kinn im Mantelkragen versteckt. Hinter Nantes verringert Ravinel das Tempo. Er geht sanft in die Kurven. Er hat Mitleid mit dem Leichnam dahinten, den die Stöße hin und her rütteln müssen. Er braucht nicht auf den Tachometer zu sehen, er weiß, daß er mit einem Durchschnitt von fünfzig Stundenkilometern fährt. Damit werden sie, wie vorgesehen, vor Morgengrauen in Enghien anlangen. Wenn alles gutgeht ... In Angers vorhin hatte der Motor ein paar Fehlzündungen. Dumm, daß er den Vergaser nicht hat reinigen lassen. Heute nacht eine Panne ... das wäre das Ende. *Bleib wach! Horch auf den Motor!* Wie Flieger über dem Atlantik sind sie. Nur keine Panne ...

Ravinel schließt eine Sekunde lang die Augen. Es gibt Gedanken, die das Unglück anziehen. Da vorn ein rotes Licht. Es ist ein schwerer Laster. Er pufft dichten Dieselqualm aus und fährt viel zu weit links. Ravinel gibt Gas ... Das Überholmanöver ist riskant, aber er schafft es. Dann merkt er, daß er im vollen Scheinwerferlicht des Lastwagens ist.

Der Fahrer muß aus seiner höheren Position das Paket sehen, das hinten in Ravinels Kombiwagen liegt ... Er gibt Gas, aber die Karre will nicht ziehen. Wahrscheinlich Dreck im Vergaser. Lucienne hat nichts gemerkt. Sie macht ein Nickerchen. Für alles, was Ravinel im höchsten Maße aufregt, hat sie keine Nerven. Merkwürdig, wie wenig weiblich sie ist. Sogar im Bett ist sie ... Wie hat sie überhaupt seine Geliebte werden können? Wer von beiden hat den anderen gewählt? Anfänglich schien sie ihn völlig zu übersehen. Sie interessierte sich nur für Mireille. Sie behandelte sie viel weniger als ihre Patientin denn als Freundin. Mireille ist ... war genauso alt wie sie ... Hat Lucienne gespürt, daß die Ehe nicht sehr haltbar war? Hat sie nur einer plötzlichen Aufwallung nachgegeben? Doch er weiß selbst sehr gut, daß er keine Schönheit ist. Auch nicht besonders geistreich. Und als Liebhaber ... wahrscheinlich auch nur ziemlich mittelmäßig. *Welcher Mann weiß schon genau, ob er ...* Niemals hätte er gewagt, nach Lucienne zu greifen. Lucienne gehört einer anderen Welt an, der distinguierten, hochgebildeten Welt der Wissenschaft. Der Welt, auf die sein Vater, der kleine Gymnasialprofessor in Brest, sehnsüchtig von weitem, mit den Augen eines armen Verwandten, gestarrt hatte. Ein paar Wochen lang hat Ravinel an eine Weiberlaune geglaubt. Seltsame Laune! ... Hastige Umarmungen, manchmal auf der Wachstuchcouch des Konsultationszimmers neben dem weißgestrichenen Tisch voller Nickelinstrumente unter Gaze. Und es kam vor, daß sie hinterher seinen Blutdruck maß, weil sie für sein Herz fürchtete ... Fürchtete? Nein, nicht einmal das war ganz sicher. Denn wenn sie sich seinetwegen wirklich beunruhigte, wandte sie sich manchmal doch auch mit einem Lächeln von ihm ab: *Nicht doch, Liebling – mach dir keine Gedanken. Ich versichere dir, es ist nichts* ... Die Ungewißheit hatte ihn schließlich vollkommen aus der Fassung gebracht. Wahrscheinlich hatte sie ... Achtung! Eine böse Kreuzung ... Wahrscheinlich hatte sie vom ersten Tage an alles vorausberechnet. Sie brauchte einen Komplicen. Von Anbeginn an, seit sie den ersten Blick getauscht haben, sind sie Komplicen ... Liebe? Von Liebe kann kaum die Rede sein; nicht von dem, was man gemeinhin darunter versteht. Was sie vereint, ist nicht freie Partnerwahl, sondern etwas Tieferes, etwas, das an die Nachtseiten des Geistes grenzt. Verlockt Lucienne allein das Geld? Nein – eher die Macht, die das Geld verleiht. Lucienne muß herrschen. Darum hat er sich gleich unterworfen. Doch das ist nicht alles. Es gibt in Lucienne auch eine Art Unruhe. Es entzieht sich, kaum daß man es gespürt hat – dennoch ist es da. Die Unruhe eines Wesens mit ... wie soll man es ausdrücken – eines Wesens mit geheimen Falltüren? Ganz normal ist sie nicht ... Drum haben sie sich gegenseitig auch sofort erkannt; denn auch er ist nicht normal, normal im Sinn eines Larmingeat zum Beispiel. Er lebt wie die anderen, lebt unter den Leuten, gilt sogar für einen ausgezeichneten Handelsvertreter, aber das ist nur Schein ... *Verdammt, der Schlitten zieht schon wieder so schlecht* ... Nur Schein, ja. In Wirklichkeit ...

Ich lebe nur am Rande des Daseins, wie ein entwichener Sträfling, der den Weg nach Hause sucht. Und auch sie sucht; sie leidet; es fehlt ihr irgend etwas. Manchmal scheint sie sich an mich zu klammern, als ob sie von Schrecken erfaßt sei; manchmal schaut sie mich an, als ob sie sich fragte, wer ich eigentlich sei. Werden wir jemals zusammen leben können? Will ich überhaupt mit ihr zusammen leben?

Da! Zwei Scheinwerfer, die blenden. Bremsen kreischen. Ein Wagen braust mit einem Luftstoß vorüber. Dann ist die Landstraße wieder frei. Bäume, bis in Schulterhöhe weiß gestrichen. Die gelbe Linie in der Mitte des Fahrdamms. Ab und zu ein welkes Blatt, das von weitem wie ein dicker Stein oder ein Riß in der Teerdecke aussieht. Ravinel beginnt, die gleichen Gedanken wiederzukäuen. Er hat die Tote vergessen. Er hat Lucienne vergessen. Er würde sich gern eine Zigarette anzünden. In dem geschlossenen Wagen fühlt er sich geborgen, so wie er sich ehemals auf dem Schulweg in seinem dicht zugeknöpften Cape unter der hochgeschlagenen Kapuze geborgen gefühlt hatte. *Sehen können, ohne gesehen zu werden* ... Er stellt sich dann vor, er sei ein Segelschiff, gab sich Kommandos zu allen möglichen komplizierten Segelmanövern: *Vorbramsegel brassen! Sturmfock gei auf!* Er neigte sich, kam vor den Wind und ließ sich zum Krämerladen tragen, wo er einen Liter Wein holen sollte ... Seit damals hatte er immer anderswo sein wollen, fern von der Welt der Erwachsenen, die immer bloß stur vom Bravsein reden.

Lucienne kreuzt die Beine, rafft den Mantel sorglich über den Knien zusammen, und Ravinel muß sich Mühe geben, um sich klarzumachen, daß er eine Leiche im Wagen hat.

«Über Tours wär's rascher gegangen.» Lucienne hat es gesagt, ohne den Kopf zu drehen.

Auch Ravinel sieht starr geradeaus. «Hinter Angers wird die Straße repariert. Außerdem – wozu?»

Wenn sie jetzt antwortet, wenn sie widerspricht, werden wir uns streiten. Lucienne begnügt sich damit, die Karte aus dem Handschuhfach zu nehmen und sie zu studieren, indem sie sich in den Lichtschein des Armaturenbretts beugt. Auch das irritiert Ravinel. Die Karten sind schließlich seine Sache! *Wird sie auch in meinen Schubladen stöbern?* Luciennes Wohnung hat er noch nie gesehen. Beide sind zu beschäftigt. Es bleibt ihnen nur die Zeit, mal hier, mal dort zusammen zu essen oder sich gelegentlich hastig in der Klinik zu treffen, wo er so tut, als käme er zu einer ärztlichen Konsultation. Am häufigsten hat Lucienne ihn aber in dem Häuschen am Quai besucht. Dort haben sie auch alles zusammen ausgeheckt. Was weiß er eigentlich von dieser Lucienne? Von ihrer

Vergangenheit? Für vertrauliche Mitteilungen ist sie nicht sehr zu haben. Eines Tages hat sie ihm einmal erzählt, ihr Vater sei Richter am Gericht in Aix-en-Provence gewesen. Seit dem Kriege ist er tot. Sie hat es nicht leicht gehabt. Von ihrer Mutter dagegen spricht sie niemals; er kann es anstellen, wie er will. Sie runzelt nur die Brauen und schweigt. Leicht zu erraten, daß Lucienne sie niemals mehr besucht. Wahrscheinlich Familienzerwürfnisse. Jedenfalls ist Lucienne nie nach Hause gefahren. Und dabei muß sie doch für den Süden eine tiefe Neigung haben, denn sie hat ja Antibes ausgesucht, um sich niederzulassen ... Keine Geschwister. In ihrem Arbeitszimmer steht – nein, stand – nur eine kleine Fotografie; sie ist seit längerer Zeit verschwunden: das Bild eines sehr schönen blonden Mädchens. Skandinavierin offenbar. Später will Ravinel einmal nach ihr fragen. Nach der Hochzeit ... Das Wort klingt komisch. Ravinel kann sich gar nicht vorstellen, mit Lucienne verheiratet zu sein. Lucienne und er sind – so merkwürdig es auch klingt – die geborenen Junggesellen. Er hat seine kleinen Eigenheiten, von denen abzugehen er sich weigert. Auch sie hat kleine Eigenheiten, aber sie sind ihm verhaßt. Ihr Parfum ... Ein scharfes Parfum, das zwar nach Blumen, aber auch nach Raubtier riecht. Ihren Siegelring, den sie beim Sprechen hin und her dreht; einen sehr massiven Ring, den man sich ebensogut am Finger eines Industriellen vorstellen könnte. Ihre Art zu essen; große Bissen nimmt sie, und das Fleisch soll möglichst blutig sein. In ihren Bewegungen liegt manchmal eine gewisse Vulgarität, auch in ihren Ausdrücken. Sie nimmt sich zusammen. Ihre Erziehung ist tadellos. Aber es kommt doch vor, daß sie zu laut lacht, oder daß sie Fremde in einer Art betonter und ordinärer Unverschämtheit fixiert. Sie hat starke Hand- und Fußgelenke und fast gar keine Brust. Es ist ein bißchen schockierend. Und wenn sie allein ist, raucht sie dünne schwarze Zigarren, die fürchterlich stinken. Das hat sie sich angeblich in Spanien angewöhnt ... *Spanien? Was hat sie in Spanien zu suchen?* Bei Mireille war zum mindesten die Vergangenheit ohne Geheimnis.

Nach La Flèche wird die Landschaft gebirgig. In den Tälern liegt Nebel; er beschlägt die Windschutzscheiben. Steilere Steigungen muß Ravinel im zweiten Gang nehmen. Der Himmel hat sich bedeckt. Halb elf. Kein Mensch unterwegs. Wenn man einfach auf irgendeinem Acker ein Loch buddelte und die Leiche darin ... Arme Mireille! Sie verdient es wirklich nicht, daß man auf diese Weise an sie denkt. Ravinel denkt an sie mit verzweifelter Zärtlichkeit. Warum hatte sie so gar nicht zu ihm gepaßt? Ein Hausmütterchen, und so ungeheuer von sich überzeugt! Und sie hat alles geliebt, was ein bißchen kitschig ist: Farbfilme, Einheitspreisgeschäfte, Frauenzeitschriften und fette Zimmerpflanzen in winzigen Töpfchen. Sie fühlte sich ihm überlegen, kritisierte seine Krawatten, spöttelte über seine Glatze. Sie begriff nicht, warum er an manchen Tagen mit gerunzelter Stirn, die Hände in den Taschen vergraben, mißgelaunt im Haus umherirrte: *Was hast du denn, mein Häschen? Willst du, daß wir ins Kino gehen? ... Wenn du dich langweilst, sag's doch!* Er langweilt sich ja gar nicht. Es war viel schlimmer. Er litt unter diesem Leben, das war es ... Er weiß jetzt, daß er immer an seinem Leben leiden wird. Es sitzt zu tief. Es gibt kein Mittel dagegen. Mireille ist tot. Was hat sich dadurch geändert? Später vielleicht, wenn sie sich in Antibes niedergelassen haben ...

Eine endlose Ebene breitet sich zu beiden Seiten der Straße aus. Man hat den Eindruck, daß der Wagen gar nicht vorankommt. Lucienne wischt mit der behandschuhten Hand die Windschutzscheibe ab und schaut auf die monoton vorüberziehende Böschung. Dort vorn, am äußersten Rand des Horizontes, liegen die Lichter von Le Mans.

«Ist dir nicht kalt?» fragt er.

«Nein.»

Auch mit Mireille war er eigentlich nicht glücklich gewesen. Ebensowenig wie mit Lucienne. Entweder fehlt es ihm an Erfahrung, oder aber er trifft nur auf frigide Weiber. Mochte Mireille auch so tun, als sei sie erregt – ihn hatte sie damit nicht getäuscht; sie blieb völlig unbeteiligt, auch wenn sie stöhnte, sich an ihn klammerte und sich hemmungslos hinzugeben versuchte. Lucienne dagegen machte gar nicht erst Anstrengungen, etwas vorzutäuschen. Es ist ganz deutlich, daß ihr das Ganze nur unbequem ist. Aber die arme Mireille fühlte sich verpflichtet, Theater zu spielen; sie nahm sich zu ernst. Daraus entstanden ihre Zwistigkeiten ... Er nämlich nimmt überhaupt nichts mehr ernst. Was man wirklich ernst nehmen müßte, hat keinen Namen, keine Gestalt. Es ist eine Last, aber auch eine Leere. Lucienne weiß Bescheid. Oft hat sie diesen geweiteten Blick und starrt vor sich hin. Ein untrügliches Zeichen. Vielleicht wollte Mireille auch dieses Etwas lernen, wie sie die Liebe zu erlernen wünschte? Vielleicht ist die Liebe ein Weg zu diesem unbekannten Ort im eigenen Innern? Ravinel denkt an das Nebelspiel. Er hätte sich an Mireille gewöhnen sollen. Ganz gewiß war sie sinnlich. Und so weiblich! Das genaue Gegenteil von Lucienne.

Ravinel verbietet sich solche Gedanken. Schließlich hat er Mireille ja umgebracht. Das gerade ist das Verwirrende dabei. Es gelingt ihm nicht, sich klarzumachen, daß er ein Verbrechen begangen hat. Es kommt ihm noch immer ungeheuerlich vor: ein Verbrechen. Dazu muß man doch zügellos und blutdürstig sein! Und er ist ganz und gar nicht blutdürstig. Ganz unmöglich wäre es ihm gewesen, zum Messer zu greifen oder auch nur einen Revolver abzudrücken. In seinem Schreibtisch in Enghien verwahrt er einen geladenen Revolver. Davril, der Direktor, hat ihm den Rat gegeben, eine Waffe bei sich zu führen, nachts auf den Landstraßen ... *da weiß man nie, was einem begegnen kann.* Doch nach einem Monat hat er die Waffe in die Schublade gelegt, wo nun das Waffenöl die Landkarten fettet. Niemals aber wäre ihm der Gedanke gekommen, auf Mireille zu schießen. Sein Verbrechen ist vielmehr eine Verkettung geringfügiger Umstände, kleiner Feigheiten, zu denen er sich aus Gleichgültigkeit herbeigelassen hat. Falls ein Richter, ein biederer Bürger wie der Vater Luciennes, ihn ausforschte, würde er durchaus in gutem Glauben antworten: *Ich habe nichts getan!* Und weil er nichts getan hat, bedauert er auch nichts. Um bedauern zu können, muß man bereuen. Was denn bereuen? Bei Licht besehen, müßte man bereuen, daß man so ist, wie man ist. Und das hat keinerlei Sinn.

Ein Schild: LE MANS 1 KM. Grelle Tankstellen. Die Straße führt unter einer Metallbrücke durch und verläuft zwischen niedrigen Häuschen.

«Nimmst du die Umgehungsstraße?»

«Nein. Ich nehme den kürzesten Weg.»

Dann wieder Schweigen.

Elf Uhr fünfundzwanzig. Die Kinos leeren sich. Das Pflaster ist naß. Der Motor weckt ein Echo in den leeren Straßen. Hier und da noch Licht in einem Bistro. Links ein Platz; zwei Polizisten überqueren ihn; sie schieben ihre Fahrräder. Dann wieder eine Vorstadt mit Gasbeleuchtung. Wieder niedrige Häuser und Tankstellen. Das Kopfsteinpflaster ist zu Ende. Noch einmal eine Brücke, auf der eine Lokomotive rangiert. Man überholt einen Möbeltransportwagen. Ravinel gibt etwas Gas, beschleunigt auf achtzig. In wenigen Augenblicken fängt La Beauce an. Bis Nogent-le-Rotrou ist die Straße gut.

«Hinter uns kommt einer», sagt Lucienne.

«Hab ihn gesehen.»

Scheinwerferlicht auf Lenkrad und Armaturenbrett. Dann plötzlich erscheint die Straße voraus noch schwärzer. Der andere überholt; es ist ein Peugeot, der viel zu schnell fährt. Ravinel ist geblendet und flucht. Schon wird der Peugeot vor ihm kleiner und kleiner. *Mindestens hundertdreißig hat der drauf.* In diesem Augenblick fängt der Motor an zu spucken. Ravinel zieht den Choke. Der Motor bleibt stehen; der Wagen rollt mit dem eigenen Schwung. Mechanisch lenkt Ravinel ihn auf den Randstreifen, bremst, löscht die Scheinwerfer und schaltet das Standlicht ein.

«Was hast du denn vor?» fragt Lucienne gereizt.

«Die Karre wieder in Schwung bringen, wenn du's genau wissen willst. Wir haben eine Panne. Wahrscheinlich ist der Vergaser verdreckt.»

«Großartig!»

Als ob er es absichtlich gemacht hätte! Und obendrein sind sie noch ganz in der Nähe von Le Mans; selbst in der Nacht ist hier noch relativ dichter Verkehr. Ravinel steigt aus. Er fühlt eine Beklemmung. Ein kleiner garstiger Wind pfeift in den kahlen Bäumen. Alle Geräusche klingen sehr deutlich, erstaunlich nahe. Man hört ganz klar, wie Güterwaggons auf ihre Puffer auffahren, dann Bremsenknirschen. Der Ruf einer Hupe durchquert ohne Eile das Land. Nicht einen Kilometer weit entfernt wohnen Menschen.

Ravinel hebt die Kühlerhaube. «Bring mir die Taschenlampe . . .»

Sie reicht sie ihm, beugt sich über den heißen, öligen Motor. Der Schraubenzieher will nicht greifen, rutscht ab. «Mach doch schnell!»

Ravinel braucht keine guten Ratschläge. Er atmet Benzindunst ein, schnappt nach Luft, beeilt sich. Er wird den Vergaser ausbauen müssen; irgendwo muß er die kleinen Schrauben ablegen. Von einem einzigen der winzigen Metallstückchen hängt ihrer beider Sicherheit ab. Ravinels Stirn ist naß von Schweiß, der ihm beißend in die Augen läuft. Er setzt sich aufs Trittbrett und reiht die Bestandteile des Vergasers sorgfältig vor sich auf. Lucienne bindet die Taschenlampe fest und ergeht sich auf der Straße.

«Du tätest besser, mir zu helfen», sagt Ravinel.

«Meinst du im Ernst, dann ginge es schneller? Wie kann man auch bloß . . .»

«Was kann man auch bloß?»

«Sag mal, du machst dir wohl gar nicht klar, daß der erstbeste Autofahrer uns fragen kann, ob wir etwas brauchen?»

«Na und?»

«Und? Er kann aussteigen, um uns zu helfen.»

Ravinel pustet durch ein dünnes Kupferröhrchen; es schmeckt unangenehm, irgendwie säuerlich. Er hört nicht mehr auf Luciennes Bemerkungen. Er hört nur noch sein Blut; es klopft und klopft, so angestrengt bläst er. Schließlich macht er eine Atempause.

«. . . die Polizei!»

Von was redet Lucienne eigentlich? Ravinel wischt sich die Augen und schaut sie an. Sie hat Angst. Kein Zweifel: Sie vergeht vor Angst. Sie nimmt ihre Handtasche aus dem Auto. Da steht Ravinel sofort auf und sagt undeutlich, noch immer das Röhrchen zwischen den Zähnen: «Willst du etwa . . . willst du mich hier sitzenlassen?»

«Horch doch, Idiot!»

Ein Wagen. Er kommt aus Le Mans. Er ist schon da, ehe sie auch nur eine Handbewegung machen konnten. Nackt kommen sie sich vor im Lichtschein. Der fremde Wagen ist nur eine dunkle Masse, die größer und immer langsamer wird.

«Was passiert?» fragt eine fröhliche Stimme.

Sie erraten die Form eines großen Lastwagens. Der Fahrer beugt sich aus dem Fenster; eine schwarze Silhouette mit einem glühenden Punkt: die Zigarette.

«Nein, nein!» sagt Ravinel. «Schon erledigt.»

«Falls nämlich das Fräuleinchen bei mir einsteigen will . . .?»

Der Kerl kichert albern und winkt im Anfahren mit der Hand. Der Lastwagen rollt davon. Lucienne läßt sich auf den Wagensitz fallen; die Knie sind ihr weich geworden vor Aufregung.

Ravinel dagegen ist vor allem wütend. Idiot hat sie ihn genannt. «Du wirst so gut sein und jetzt die Schnauze halten, ja? Deine Bemerkungen kannst du für dich behalten. Im übrigen sitzt du genauso dick drin wie ich.»

Hat sie wirklich daran gedacht, stiftenzugehen? Wollte sie zurück nach Le Mans? Als ob sie nicht aneinandergekettet wären. Als ob die Flucht sie, sie ganz allein, in Sicherheit bringen könnte.

Lucienne schweigt. Aus ihrer Haltung kann man leicht ablesen, daß sie entschlossen ist, keine Hand mehr zu rühren. Soll er doch sehen, wie er fertig wird! Und dabei ist es gar nicht so einfach, bei Taschenlampenbeleuchtung einen Vergaser wieder einzubauen. Jeden Augenblick drohen die Schraubenmuttern in den Kies zu fallen. Doch die Wut verleiht Ravinels Fingern eine Sicherheit, eine Geschicklichkeit, wie er sie noch nie besessen hat. Dann ist er fertig. Er geht um den Wagen herum, drückt auf den Anlasser. Der Motor springt an, dreht lasch, läuft rund. Ravinel atmet auf. Geschafft! Aus purem Trotz ergreift er aber noch einen der Kanister und füllt, ohne sich zu beeilen, den Tank auf. Ein Kesselwagen überholt sie und erleuchtet grell das Innere des Wagens. Das längliche Paket schimmert feucht und grün. Lucienne krümmt sich auf dem Vordersitz zusammen. *Geschieht dir recht!* Er stellt den leeren Kanister dröhnend auf das Bodenblech und schließt sorgfältig die hintere Tür. Weiter! Halb eins. Ravinel tritt den Gashebel durch. Beinahe heiter ist ihm zumute. Lucienne hat Angst gehabt. Jetzt hatte sie Angst gehabt – nicht vorhin bei der Badewanne, nein, erst jetzt . . . Warum? Das Risiko war doch immer das gleiche. Jedenfalls ist etwas zwischen ihnen auf einmal anders geworden. Sie war drauf und dran, Verrat zu üben. Darüber wird niemals wieder gesprochen werden, doch Ravinel nimmt sich vor, ihr einen vielsagenden Blick zuzuwerfen, wenn sie wieder einmal in ihren schneidenden Ton verfällt.

Das Schlußlicht des Kesselwagens wird größer; er überholt. Da ist schon La Beauce. Der Himmel hat sich aufgeklärt, er ist voller Sterne, die langsam hinter der Windschutzscheibe wandern. *Was hat sie sich wohl gedacht, als sie nach ihrer Handtasche griff? An ihre Stellung, ihren sozialen Rang?* Sie verachtet ihn ein wenig. Handelsvertreter! Längst hat er das schon gespürt. Für ein nettes Dickerchen hält sie ihn und ahnt nicht, daß ihm solche Feinheiten durchaus nicht entgehen. *Ich laß mich doch nicht für dumm verkaufen!*

Nogent-le-Rotrou. Eine endlose, kurvenreiche, laut widerhallende

Straße. Ein Brückchen und ein schwarzer Tümpel, der aufglitzert, als der Wagen vorüberrollt. ACHTUNG! – SCHULE! Nachts ist kein Unterricht. Ravinel verlangsamt die Fahrt nicht. Er nimmt eine Steigung. Der Motor summt wunderbar.

Herrgott! Gendarmen. Drei, vier. Ein Citroën steht quer und bildet ein Hindernis. Motorräder am Straßenrain. All das ohne Relief, in einem grellen Licht, das die Stiefel, die Koppel, die Gesichter mit einer gelben Tunke bestreicht. Sie winken mit den Armen. Anhalten. Ravinel blendet ab. Brechreiz schüttelt ihn plötzlich, genau wie vorhin im Badezimmer. Er bremst scharf und ganz mechanisch. Lucienne muß sich am Armaturenbrett festhalten. Sie stöhnt. Man sieht nichts mehr außer dem runden Licht einer elektrischen Stablampe, das über das Verdeck streicht und die Karosserie abtastet. Eine Uniformmütze taucht im Wagenfenster auf. Die Augen des Gendarms stehen ganz dicht vor Ravinels Augen.

«Woher kommen Sie?»

«Aus Nantes. Reisevertreter.» Ravinel hat Zeit für den Gedanken, daß präzise Auskünfte am unverfänglichsten wirken.

«Haben Sie nicht in der Nähe von Le Mans einen großen Lastwagen überholt?»

«Kann schon sein. So genau achtet man schließlich nicht darauf.» Die Augen des Beamten wandern zu Lucienne hinüber. Ravinel fragt so natürlich wie möglich: «Gangster?»

Der Polizist wirft einen Blick in den rückwärtigen Teil des Wagens und knipst seine Lampe aus. «Schwarzbrenner. Haben einen Destillierapparat dabei.»

«Auch ein Beruf!» sagt Ravinel. «Meiner ist mir lieber.»

Der Gendarm tritt zurück, und Ravinel fährt langsam an, fährt an den in einer Reihe stehenden Männern entlang und beschleunigt mehr und mehr seine Fahrt.

«Diesmal hab ich wahrhaftig geglaubt . . .» murmelt er.

«Ich auch», sagt Lucienne. Ihre Stimme ist nicht wiederzuerkennen.

«Jedenfalls ist es durchaus nicht unmöglich, daß er sich unsere Nummer notiert hat.»

«Wenn schon!»

Eigentlich hat sie recht. Völlig unwichtig. Ravinel wollte ja gar kein Hehl aus dieser nächtlichen Fahrt machen. In gewissem Sinn wäre es sogar wünschenswert, daß der Gendarm die Wagennummer notiert hat. Dann könnte der Kerl im Bedarfsfall einen Zeugen abgeben . . . Nur eines ist ärgerlich. Daß da neben ihm eine Frau saß. Aber andererseits . . . Ob sich der Gendarm überhaupt daran erinnern wird, ist sehr fraglich.

Der Zeiger der Uhr auf dem Armaturenbrett geht seinen monotonen Gang. Drei Uhr. Vier Uhr. Chartres liegt weit südwestlich. Es geht in die

Kurve bei Rambouillet. Noch keinerlei Anzeichen der Morgendämmerung. Mit voller Absicht haben sie den November ausgesucht. Aber der Verkehr wird jetzt stärker. Lastwagen mit Milchkannen, Bauernkarren, ein Postauto. Ravinel hat keine Zeit mehr zum Nachsinnen. Er gibt auf die Straße acht, seine Augen sind geschärft. Da ist der Stadtrand von Versailles. Die Stadt liegt im Schlaf; nur die Straßenkehrer sind schon an der Arbeit. Auf Ravinels Schultern senkt sich Müdigkeit. Er hat Durst.

Ville-d'Avray. Saint-Cloud. Puteaux. Überall Häuser. Doch hinter den geschlossenen Fensterladen noch nirgends Licht. Lucienne hat sich seit dem Zwischenfall mit den Gendarmen überhaupt nicht mehr gerührt. Sie schaut geradeaus durch die beschlagene Windschutzscheibe.

Die Seine. Ein Schattenloch von unergründlicher Tiefe. Und bald darauf die ersten Villen von Enghien. Ravinel wohnt nicht weit vom See, am Ende einer Sackgasse. Er biegt in die stille Straße ein, stellt den Motor ab und läßt den Wagen geräuschlos weiterrollen. Die Straße endet in einem kleinen Rondell. Dort hält er an und steigt aus. Die Hände sind ihm so klamm, daß es ihm nicht gelingen will, den Schlüssel in das Schloß des Gartentors zu kriegen. Schließlich öffnet er beide Torflügel, fährt hinein und schließt hastig wieder das Tor. Rechts der Schatten des Wohnhäuschens, links die Garage, niedrig und massiv. Unten am Ende eines abschüssigen Gartenwegs unter einer Baumgruppe die Schräge eines Schuppendachs.

Lucienne wankt, hält sich am Griff der Autotür fest. Sie ist so steif, daß sie erst ein paar Kniebeugen machen muß. Sie zeigt ihr verschlossenes Gesicht, das mürrische Gesicht, das schlechte Laune ankündigt.

Ravinel hat bereits die rückwärtige Tür des Kombiwagens geöffnet. «Geh mir ein bißchen zur Hand!»

Das Paket ist intakt. Nur an einem Ende ist die Zeltbahn ein wenig verrutscht und läßt einen Schuh sehen. Das Leder ist hart geworden vom Wasser. Ravinel zieht das Paket heraus. Lucienne faßt am anderen Ende an.

«Fertig?»

Sie nickt. Ho – ruck! Hintereinander, das Paket zwischen sich, gehen sie den Gartenweg hinunter, an dem niedrigen Birnenspalier entlang. Das Schuppendach gehört zu einem kleinen Waschhaus. Ein träge fließendes Gewässer bespült den Rand der schrägen Planke; ein paar Meter weiter plätschert es matt über ein kleines Wehr und verliert sich schließlich nach einem weitläufigen Bogen im See.

«Mach Licht!» Lucienne hat wieder das Kommando übernommen.

Das Paket liegt auf dem Zementboden des Waschhauses. Ravinel leuchtet mit der Taschenlampe, während Lucienne das Segeltuch aufzuwickeln beginnt. Die Leiche macht schwerfällig eine halbe Drehung. Das

Kostüm ist sehr zerknittert. Unter dem Haar, das getrocknet und struppig ist, Mireilles verzerrtes Gesicht. Jetzt genügt ein Stoß. Die Leiche rutscht über die Planke und verschwindet zur Hälfte im Wasser. Eine kleine Welle schwappt zum anderen Ufer hinüber. Noch ein bißchen. Lucienne schiebt mit dem Fuß, und die Leiche taucht völlig ein. Lucienne rafft tastend die Zeltbahn zusammen, denn Ravinel hat die Lampe schon ausgeknipst. Lucienne muß ihn mit sich zerren. Fünf Uhr zwanzig.

«Gerade noch Zeit genug», sagt sie leise.

Sie treten ins Haus, hängen Mireilles Reisemantel und Hut an den Kleiderhaken im Vestibül und legen ihre Handtasche auf den Tisch im Eßzimmer.

«Na los – mach schon!» zischt Lucienne, die ihre Farbe wiedergewonnen hat. «Der Eilzug nach Nantes fährt um sechs Uhr vierzig. Ich kann's mir nicht leisten, ihn zu versäumen.»

Sie steigen wieder in den Wagen. Ravinel wird klar, daß er jetzt Witwer ist.

Fünftes Kapitel

Langsam stieg Ravinel die Treppe im Bahnhof Montparnasse hinunter. Neben dem Ausgang in der Bahnhofshalle kaufte er ein Päckchen Gauloises und ging dann ins Café Dupont hinüber. In der feuchten Frühe wirkte die hellrosa Lichtreklame sonderbar blutarm. Hinter den großen Spiegelscheiben sah man längs des Bartischs eine Reihe von Rücken. Ein Kellner putzte gähnend eine riesige Espresso-Maschine. Ravinel nahm hinter einer Tür Platz und entspannte sich. Wie oft hatte er zu dieser Stunde schon hier gesessen . . . Er hatte immer einen Abstecher nach Paris gemacht, wenn er um diese Zeit heimkam, um Mireille nicht aus dem Schlaf zu wecken. Und jetzt war es wie immer: ein Morgen wie alle anderen . . .

«Einen schwarzen Kaffee . . . und drei Hörnchen.»

Er kam sich vor wie ein Rekonvaleszent. Alle Knochen taten ihm weh. Bei der geringsten Bewegung durchströmte ihn eine Welle von Müdigkeit. In seinem Kopf war etwas Brennendes, das pulsierte, auf die Augen drückte, die Gesichtshaut ausdörrte und sie über den Kiefer- und Backenknochen schmerzhaft spannte. Wenig hätte gefehlt und er wäre in der stickigen Luft des Lokals trotz des Lärms auf seinem Stuhl eingeschlafen. Und dabei lag das Allerschwierigste noch vor ihm. Er mußte jetzt die Leiche entdecken. Dabei war er so müde, so unendlich müde. Aber die Leute würden meinen, es sei der Kummer. Gewissermaßen war sein Erschöpfungszustand sogar nützlich.

Er zählte Geld auf den Tisch und tunkte ein Hörnchen ein. Der Kaffee schmeckte gallenbitter ... Bei einigem Nachdenken verlor der Zwischenfall mit dem Gendarmen jede Bedeutung; selbst wenn er sich daran erinnerte, daß eine Frau im Wagen gesessen hatte – diese Frau war einfach eine Unbekannte, die per Anhalter reiste. Er hatte sie am Ortsausgang von Angers aufgelesen. In Versailles war sie wieder ausgestiegen. Zu dem Tod von Mireille stand sie in gar keiner Beziehung. Außerdem, wer würde überhaupt daran denken, über seine Rückfahrt Nachforschungen anzustellen? Selbst gesetzt den Fall, man verdächtigte ihn einen Augenblick lang, so würde man nur sein Alibi nachprüfen. Ravinel hatte die Gegend von Nantes nicht verlassen. Dreißig Zeugen gab es dafür. Fast für jede Stunde hatte er einen Zeugen. Es gab keine Lücke. *Mittwoch, den 4.* (denn bei der Autopsie würde man den Tag, vielleicht sogar die Stunde feststellen, da der Tod eingetreten war) ... *Mittwoch, den 4.? Moment mal ... Den Abend habe ich in der Brasserie de la Fosse verbracht. Bis nach Mitternacht bin ich dort geblieben – fragen Sie nur Firmin, den Kellner; er wird sich bestimmt daran erinnern. Und am 5. morgens traf ich ...* Doch wozu noch einmal diese Gedanken alle wiederkäuen? Lucienne hatte es ihm noch einmal eingeschärft, ehe sie in den Zug gestiegen war. Alle würden glauben, daß es ein Unfall war. Ein Ohnmachtsanfall am Wasser ... So etwas kommt ja alle Tage vor. Allerdings war Mireille zum Ausgehen angezogen. Was hatte sie also im Waschhaus zu tun? Dafür gab es Gründe genug. Vieles kann eine Frau veranlassen, rasch noch einmal im Waschhaus nach dem Rechten zu sehen. Übrigens würde niemand solche Fragen stellen. Und wenn da jemand einen Selbstmord für wahrscheinlicher hält, so steht es ihm frei. Die zweijährige Frist ist ja verstrichen, vor deren Ablauf die Versicherung bei Selbstmord nicht zahlt ...

Zehn Minuten vor sieben! Er mußte sich auf den Weg machen. Das dritte Hörnchen ließ er liegen, es widerstand ihm. Am Rand des Trottoirs zögerte er. Autobusse und Taxis flitzten vorbei. Die Menge der kleinen Angestellten aus den Vorstädten kam eilig aus dem Bahnhof. Das Geräusch der Reifen, das Trappeln der Füße; dazu das schwache, bleierne, krankhafte Licht der Frühe ... Im Morgengrauen ist Paris zum Verzweifeln. – *Los! Steh nicht hier rum!*

Er hatte den Wagen ganz in der Nähe der Schalterhalle geparkt. Neben den Schaltern hing eine große Karte von Frankreich. Eine geöffnete Hand, Linien darin: Paris–Bordeaux, Paris–Toulouse, Paris–Nizza ... Glückslinien, Lebenslinien ... Das Glück! Das Schicksal! Ravinel riß sich los. Er mußte die Leiche entdecken. Dann ein Telegramm an Germain. Die Versicherung mußte benachrichtigt, die Frage der Beisetzung geregelt werden. *Mireille hätte sich sicher eine feierliche Beerdigung gewünscht und ganz gewiß auch eine kirchliche Zeremonie ...* Ravinel fuhr wie ein Automat. Er kannte sich aus, und der Verkehr war noch nicht sehr dicht ... *Sie war zwar nicht gläubig, aber schließlich ist sie immer in die Messe gegangen – am liebsten zum Hochamt. Schon wegen der Orgelmusik und der großen Toiletten. Und während der Fastenzeit pflegte sie auch im Radio keine Predigt von Pater Riquet zu versäumen; sie hatte zwar nicht immer alles verstanden, aber sie fand, daß er eine schöne Aussprache habe* ... Die porte de Clignancourt. Etwas Rötliches versuchte am Himmel durchzubrechen ... *Wie, wenn es nun doch so etwas wie die Seele gäbe? Es heißt, die Toten könnten uns sehen.* Mireille sah ihn vielleicht in diesem Augenblick. Dann wußte sie auch, daß er es nicht aus Bosheit getan hatte. *Lächerlich ... Und nichts Schwarzes anzuziehen* ... Er würde in die Färberei gehen und eine Nachbarin bitten müssen, ihm einen Trauerflor anzunähen. Und Lucienne saß in Nantes und wartete in aller Ruhe alles ab. *Eigentlich nicht gerecht!*

Ravinel wurde in seinen Gedanken von einem alten Peugeot unterbrochen, der sich nicht überholen lassen wollte. Instinktiv fuhr Ravinel kurz vor Épinay an ihm vorbei, aber verringerte sofort seine Schnelligkeit wieder. *Paß doch auf! Du kommst aus Nantes und hast keine Ahnung, daß deine Frau tot ist.* Das war vielleicht das Allerschwerste: noch nicht zu wissen ...

Enghien. Vor einem Tabakladen hielt er an.

«Tag, Morin.»

«Guten Tag, M'sieur Ravinel ... Na, Sie haben sich ja verspätet? Sonst sind Sie immer früher.»

«Der Nebel, Morin. Der verdammte Nebel! Vor allem in der Gegend von Angers.»

«Wenn ich so eine ganze Nacht durchfahren müßte ... brrr!»

«Reine Gewohnheitssache ... Geben Sie mir bitte Streichhölzer. Nichts Neues im Städtchen?»

«Nein, nichts. Was soll es hier schon Neues geben?»

Ravinel trat auf die Straße. Es ließ sich jetzt nicht mehr hinausschieben. Wenn er wenigstens nicht allein wäre, dann sähe alles viel einfacher und weniger schrecklich aus! Außerdem wäre es gut, wenn jemand bestätigte ... Sapristi! Da kam Papa Goutre. Glück muß der Mensch haben!

«Wie geht's, M'sieur Ravinel?»

«Man schlägt sich durch ... Ach, übrigens – gut, daß ich Sie treffe. Ich wollte schon längst mal bei Ihnen vorbeischauen.»

«Was gibt's denn?»

«Wegen des Schuppendachs. Es ist so wacklig. Eines schönen Tags wird es uns auf den Kopf fallen. Meine Frau sagt immer: ‹Du solltest mit Papa Goutre mal drüber sprechen.›»

«Das Dach von dem kleinen Waschhaus unten am Ufer?»

«Ja, und ... Wissen Sie was! Haben Sie eine Minute Zeit? Schauen Sie sich's gleich an. Ein Gläschen Weißwein ist ein guter Tagesanfang.»

«Eigentlich ... Ich muß auf den Bauplatz, wissen Sie ...»

«Ach was, Bauplatz! Der läuft nicht weg. Und der Weißwein ... direkt vom Winzer gekauft! Sie werden staunen.»

Goutre ließ sich endlich in den Wagen nötigen. «Aber nur auf einen Sprung, ja? Tailhade wartet auf mich.»

Ein paar hundert Meter fuhren sie schweigend zwischen verschachtelten Villen dahin. Ravinel hielt vor dem Gartentor, das mit einem Emailschild geschmückt war: HAUS FROHSINN. Er hupte anhaltend.

«Nein, nein. Sie brauchen nicht auszusteigen. Meine Frau wird gleich kommen und das Tor aufmachen.»

«Sie ist vielleicht noch nicht aufgestanden», meinte Goutre.

«Um diese Zeit? Machen Sie keine Witze. An einem Samstag obendrein.» Er brachte ein Lächeln zuwege und drückte noch einmal auf die Hupe.

«Die Fensterläden sind noch zu», bemerkte Goutre.

Ravinel stieg aus und rief: «Mireille!»

Auch Goutre kletterte aus dem Wagen. «Vielleicht ist sie schon einkaufen gegangen?»

«Das würde mich wundern. Sie weiß doch, daß ich komme. Ich gebe ihr immer rechtzeitig Bescheid, wenn es irgend geht.»

Ravinel öffnete das Tor. Die Wolken begannen sich aufzulösen; durch wandernde Lücken schaute Blau herab.

«Schöner Tag für die Jahreszeit», stellte Goutre fest und fuhr fort: «Ihr Gartentor blättert ab; sollten Sie mal streichen.»

Im Briefkasten steckte eine Zeitung. Ravinel zog sie heraus und mit ihr eine Postkarte, die sich darin verheddert hatte. «Meine Karte?» sagte er zwischen den Zähnen. «Mireille ist gar nicht da. Wahrscheinlich ist sie zu ihrem Bruder gegangen. Hoffentlich ist Germain nichts passiert. Seit dem Krieg ist seine Gesundheit nicht die beste ... Na ja. Gehen Sie doch schon vor – Sie kennen ja den Weg. Ich stell nur rasch meine Sachen ab.» Er ging ins Haus.

Drinnen roch es stickig nach Feuchtigkeit. Ravinel knipste die Lampe im Vorplatz an. Den Lampenschirm aus rosa Seide mit Quasten hatte Mireille selbst nach einer Anleitung gebastelt, die sie in einer Illustrierten gefunden hatte. Goutre wartete vor der Haustür.

«Gehen Sie nur schon vor. Ich komm gleich nach», rief Ravinel.

Er hielt sich absichtlich in der Küche etwas auf und ließ Goutre schon vorangehen. Der Handwerker rief von weitem: «Ihr Salat steht aber ganz prima! Sie haben eine glückliche Hand, M'sieur Ravinel.»

Ravinel trat hinaus und ließ die Tür offenstehen. Er zündete sich eine Zigarette an, um sich Haltung zu geben. Goutre war schon am Waschhaus angelangt. Jetzt ging er hinein, und Ravinel blieb mitten auf dem Gartenweg stehen, unfähig, einen einzigen Schritt zu machen, unfähig sogar zu atmen; aus seiner Nase schwebte ein bißchen Tabakrauch.

«Oh! M'sieur Ravinel!»

Goutre rief ihn, und Ravinel befahl seinen Beinen vergeblich weiterzugehen. *Muß ich schreien? In Tränen ausbrechen? Mich verzweifelt an Goutre klammern?*

Goutre tauchte im Eingang des Waschhauses auf. «Haben Sie das gesehen?»

Ravinel merkte plötzlich, daß er rannte. «Was denn? Was ist denn los?»

«Ach, deswegen brauchen Sie aber doch kein solches Gesicht zu schneiden. Das läßt sich reparieren. Schauen Sie!»

Er wies auf eine Stelle im Gebälk und kratzte mit dem Ende seines Zollstocks am Holz. «Verfault! Durch und durch verfault. Da muß ich einen neuen Balken einziehen.»

Ravinel drehte dem Wasser den Rücken zu, er wagte sich nicht umzudrehen. «Ja . . . allerdings; ich sehe . . . völlig morsch . . .» Er stotterte.

«Außerdem noch die Planke da unten.» Goutre wandte sich um, und Ravinel sah den Sparren nicht mehr. Das Gebälk begann sich wie die Speichen eines Rades zu drehen, langsam zu drehen, es war ekelhaft. *Ich werde ohnmächtig werden . . .*

«Der Zement hält noch», stellte Goutre fest. «Die Planke allerdings . . . Aber was wollen Sie? Alles nutzt sich mal ab.»

Dieses Rindvieh . . . Mit äußerster Anstrengung machte Ravinel Front und ließ die Zigarette fallen. Das Wasser bildete vor dem Waschhaus eine runde Bucht. Deutlich sah man die Kiesel auf dem Grund, einen verrosteten Faßreifen, dünnes Schilf und den Rand des Wehrs, wo das Wasser im Licht aufglänzte, ehe es hinüberfloß.

Goutre betastete die Planke, richtete sich wieder auf und sah sich noch einmal im Waschhaus um.

«Ihre Zigarette», sagte er plötzlich. Er reichte sie Ravinel, während er sich mit dem Zollstock die Hose abklopfte. «Ja, also . . . Wenn man genauer zusieht . . . Im Grunde müßte das ganze Dach abgerissen werden . . .» Er legte nachdenklich den Kopf zurück. «Aber ich an Ihrer Stelle würde ganz einfach eine Fibrozementplatte draufnageln, und dann . . .»

Ravinel verfolgte mit seinem Blick den Flußlauf jenseits des Wehrs. Angenommen, die Strömung hätte die Leiche mitgerissen – was an sich eigentlich undenkbar war –, dann hätte sie sich unweigerlich da unten festgeklemmt.

«. . . kostet bestimmt nicht die Welt. Aber Sie haben recht gehabt, mich zu rufen. Es ist höchste Zeit, sich darum zu kümmern. Sonst fällt eines Tages doch die ganze Bescherung Ihrer Frau auf den Kopf, und ... Was haben Sie denn, M'sieur Ravinel? Ist Ihnen was? Sie sehen ja so komisch aus?»

«Nein, nein ... die Übermüdung ... Die ganze Nacht am Steuer!»

Goutre maß aus, notierte mit einem Zimmermannsbleistift auf einem Briefumschlag Ziffern. «Warten Sie mal ... Morgen ist Sonntag ... Montag muß ich bei Véroudi ein paar Reparaturen machen ... Dienstag! Am Dienstag kann ich Ihnen jemand schicken ... Wird Madame Ravinel da sein?»

«Ich weiß es nicht», sagte Ravinel. «Ich denke doch. Oder vielmehr. Ich meine, wo sie jetzt nicht zu Hause ist ... Na ja, je nachdem! Ich komme bei Ihnen vorbei und sag Bescheid.»

«Wie Sie wollen.»

Ravinel hätte sich gern auf seinem Bett ausgestreckt, die Augen geschlossen und nachgedacht. *Was ist da geschehen? Es ist doch nicht möglich* ... Nein, es war völlig ausgeschlossen. Da stimmte etwas nicht. Und dieser Kerl, der da seelenruhig seine Pfeife stopfte, sich über die Salatköpfe beugte und kopfschüttelnd die Birnbäumchen examinierte ...

«Düngen Sie sie niemals? Das sollten Sie vielleicht tun. Chaudron hat mir gestern erzählt ... Nee, warten Sie mal – es war schon am Donnerstag ... Oder auch gestern ...?»

Ravinel hatte Lust, sich in die Fäuste zu beißen, zu schreien, Goutre anzuflehen, sich fortzuscheren ... «Augenblick, Papa Goutre. Ich komme gleich.» Er mußte unbedingt noch einmal in das Waschhaus zurück, mußte sich noch einmal umschauen. Es gibt Halluzinationen, die einem Dinge vorspiegeln, die gar nicht existieren. Kann es denn auch Halluzinationen geben, die das Gegenteil bewirken? So daß man nicht sieht, was man eigentlich sehen müßte? Aber nein! Er träumt doch nicht! Ein schräger Sonnenstrahl fiel, ohne zu wärmen, auf den Waschstrand und beleuchtete jede Einzelheit auf dem Grund. Selbst die Kiesel schienen nicht von ihrem Platz gerückt worden zu sein. Es war, als hätten sie die Leiche bei einem anderen Waschhaus versenkt, das diesem aufs Haar glich, aber irgendwo anders in einem Alptraumland lag, wohin kein Weg zurückführt ... Goutre wurde wahrscheinlich ungeduldig. *Der Teufel soll ihn holen* ... Ravinel ging schweißgebadet den Weg wieder hinauf. Goutre erwartete ihn in der Küche. Er saß, die Mütze neben sich, auf dem Tisch, sortierte irgendwelche Papiere und leckte am Daumen, ehe er umblätterte.

«Nehmen Sie sich nur Zeit, M'sieur Ravinel. Ich hab mir das mit dem Fibrozement noch mal überlegt, und ich meine, vielleicht wäre Wellblech doch besser...»

Ravinel fiel plötzlich der Weißwein ein. Zum Teufel! Der hockte da und wartete auf den Weißwein!

«Einen Augenblick, Papa Goutre. Ich geh in den Keller.»

Du lieber Himmel, er wird seinen Wein schon bekommen, und wenn er sich dann nicht packt ... Ravinel ballte die Fäuste. Er zitterte; ein Krampf schüttelte ihn. An der Kellertür blieb er stehen, von Grauen gepackt. *Wenn sie im Keller ...* Aber warum hätte er Mireille denn im Keller finden sollen? Was sollte dieser idiotische Schrecken? Er knipste das Licht an. Natürlich war der Keller leer. Trotzdem hielt sich Ravinel nicht lange auf. Er nahm eine Flasche aus dem Gestell und stieg rasch wieder nach oben. Er konnte sich einfach nicht mehr beherrschen; er mußte Lärm machen, er schlug die Tür der Anrichte zu, als er die Gläser herausnahm, und stieß mit der Flasche an den Tischrand. Seine Bewegungen waren fahrig. Fast hätte er den Kork abgebrochen.

«Schenken Sie ein, Papa Goutre. Meine Hände zittern ... Acht Stunden am Steuer, das bleibt nicht in den Kleidern hängen.»

«'s wäre schad um jedes Tröpfchen», sagte Goutre mit leuchtendem Blick.

Langsam, kennerisch füllte er die beiden Gläser und erhob sich, um dem Wein Ehre zu erweisen.

«Auf Ihre spezielle Gesundheit, M'sieur Ravinel. Und auch die Gesundheit Ihrer Gattin ... Ich hoffe, daß Ihr Schwager nicht krank ist. Obwohl, bei diesem feuchten Wetter ... Bei mir ist's das Bein, das nicht mehr recht will.»

Ravinel stürzte den Weißwein in einem einzigen Zug hinunter, füllte sein Glas wieder, leerte es – zweimal, dreimal.

«Allerhand», sagte Goutre anerkennend. «Man sieht gleich, daß Sie was vertragen können.»

«Wenn ich so abgehetzt bin, hilft mir das wieder auf die Beine.»

«Der Wein hier? Na, der würde einem Toten wieder auf die Beine helfen!»

Ravinel hielt sich am Tisch fest. Der Kopf schwindelte ihm diesmal ernstlich.

«Papa Goutre, Seien Sie nicht bös, aber ich muß ... Meine Zeit ist knapp ... Ich würde gern noch länger mit Ihnen ... Müssen wir unbedingt nachholen, ja?»

Goutre setzte die Mütze auf. «Freilich, freilich! Ich verschwinde. Auf dem Bauplatz warten sie ja auch auf mich; ohne mich fangen die nicht an.»

Auf der Schwelle kam es noch zu einem Höflichkeitsaustausch, dann schloß Ravinel die Tür, drehte den Schlüssel herum, schleppte sich in die Küche und trank, was noch in der Flasche war. «Einfach unmöglich!» murmelte er. Er dachte völlig klar, aber zugleich war es wie im Traum. Man sieht eine Tür, berührt sie, weiß, daß sie da ist, und trotzdem geht man durch ihr Holz hindurch, fühlt dabei, daß man durch Hölzernes geht und merkt im Innern des Holzes die Härte jeder Faser, und das alles findet man ganz natürlich ... Der Wecker auf dem Kamin tickte und rief Erinnerung an einen anderen Wecker wach, an den Wecker in Nantes.

«Einfach unmöglich!»

Ravinel erhob sich und ging ins Speisezimmer; Mireilles Handtasche lag noch immer da. Und auch der Mantel im Vorplatz war nicht verschwunden, ebensowenig ihr Hut. Er stieg in den ersten Stock hinauf. Das Häuschen war leer, absolut leer. Totenstille. Ravinel bemerkte plötzlich, daß er die leere Flasche wie eine Keule am Hals gefaßt hatte und mit sich trug. Er hatte Angst. Er stellte die Flasche auf den Boden, aber so leise, als dürfe er von nun an nie mehr das geringste Geräusch verursachen. Er öffnete seinen Sekretär und gab acht, daß die Scharniere nicht knirschten. Da lag noch der Revolver, in einen fettigen Lappen eingeschlagen. Er wischte ihn ab, prüfte, ob er geladen war. Es knackte irgendwo im Haus, und Ravinel fuhr herum. Es war stärker als er. Was stellte er sich eigentlich vor? Und was sollte denn der Revolver? Kann man Gespenster mit einer Kugel umbringen? Er seufzte und schob die Waffe in seine Hosentasche. Vielleicht war es lächerlich, aber er fühlte sich jetzt ein wenig sicherer. Er setzte sich auf den Bettrand und verschränkte die Hände zwischen den Knien. Was war geschehen! Der Leichnam Mireilles lag nicht mehr im Fluß, das war alles. Weder im Fluß noch im Waschhaus, noch in einem der Zimmer, noch in ... *Verdammt! Die Garage hab ich vergessen!*

Er rannte die Treppe hinunter, überquerte den Garten und riß die Garagentür auf ... Nichts! Das war schon fast komisch. Die Garage war leer bis auf drei oder vier Benzinkanister und einen Fetzen Putzwolle ... Langsam ging er den Gartenweg hinab. Seine Fußspuren und die von Goutre waren deutlich zu sehen, aber sonst keine. Ravinel wußte nicht genau, was er eigentlich suchte. Er wußte auch nicht, was er denken sollte. Er gab jähen Einfällen nach, weil es zu handeln galt; irgend etwas mußte er unternehmen. Verzweifelt sah er sich um. Zur Rechten wie zur Linken erstreckte sich unbebautes Gelände. Seine nächsten Nachbarn konnten von der Straße aus nur die Fassade des Hauses sehen. Ravinel ging in die Küche zurück. In der Nachbarschaft fragen? Wonach denn? Sollte er sagen: *Ach, entschuldigen Sie – ich hab nämlich meine Frau umgebracht, und jetzt ist die Leiche weg ... Haben Sie nicht zufällig eine Leiche gefunden?* Lächerlich – Lucienne? Aber Lucienne saß doch im Zug. Vor Mittag konnte er sie unmöglich telefonisch erreichen. Sollte er wieder nach Nantes ... Aber unter welchem Vorwand? Und wenn Mireille im Laufe des Tages irgendwo gefunden wurde? Wie sollte er dann erklären, weshalb er wieder abgefahren ... weshalb er geflohen war?

Teuflische Verstrickung. Er konnte überhaupt nichts tun. Er konnte nur tatenlos warten. Ravinel sah nach dem Wecker. Zehn Uhr. Er mußte bei seiner Firma am boulevard Magenta vorbeigehen. Sorgfältig schloß er die Haustür, stieg in den Wagen und schlug die Straße nach Paris ein. Das Wetter war mild und heiter. Der Novemberanfang hatte einen frühlingshaften Zauber. Ein Sportwagen kam ihm entgegen. Die Insassen hatten das Verdeck zurückgeschlagen. Sie lachten, der Wind zauste ihr Haar. Ravinel fühlte sich alt, schwach, schuldbeladen. Er nahm es Mireille übel. Sie hatte ihm da einen bösen Streich gespielt. Auf Anhieb war ihr gelungen, was er nie geschafft hatte; sie hatte die geheimnisvolle Grenze überschritten; sie war drüben. Unsichtbar, ungreifbar wie ein Gespenst, wie eine der Nebelschwaden vom Vorabend. Man kann gleichzeitig tot und lebendig sein. Das hatte er oftmals gefühlt. *Aber wo ist die Leiche?*

Seine Gedanken verwirrten sich. Er war müde. Ein anderer als er selbst saß am Steuer, lenkte den Wagen fehlerlos, erkannte die Straßen, gab an den Kreuzungen acht und hielt schließlich vor dem Geschäft.

Vom boulevard Magenta brachte ihn der Wagen ins Zentrum, in die Gegend des Louvre. Hierher kam er so gut wie niemals. Der andere war gefahren. Er selbst hatte daneben gesessen und zu rechnen versucht, sich in den Zahlen verheddert. *Also der Zug kam um elf Uhr zwanzig an ... oder um elf Uhr vierzig? Nein, die Fahrt dauert fünf Stunden ... Also elf Uhr zehn ... Und die Klinik liegt fünf Minuten vom Bahnhof entfernt. Lucienne muß jetzt schon dort sein ...* Er hielt vor einem kleinen Restaurant.

«Wünscht der Herr zu speisen?»

«Ja, wenn Sie denken ...»

«Wie meinen? Wenn ich ...?»

Der Kellner musterte den schlechtrasierten Gast, der sich mit der Hand über die Augen strich. Also Leute gibt's, die gibt's gar nicht, dachte der Kellner.

«Wo ist das Telefon?»

«Hinten rechts, der Herr.»

«Kann ich ein Ferngespräch führen?»

«An der Kasse.»

Die Küchentür ging hinter Ravinel ständig auf und zu. «Drei Hors-d'œuvre! ... Und wo bleibt das Steak?» Es knisterte im Apparat. Luciennes Stimme war kaum zu verstehen. Von ganz weit kam sie, von so weit, daß es geradezu bedrückend war. Und unmöglich, in dem Durcheinander deutlich zu sprechen. «Hallo! ... Hallo, Lucienne? ... Ja, ich bin's, Fernand ... Du, sie ist weg ... Nein, nein, nicht abgeholt worden ... Sie ist verschwunden ... Heute morgen war sie nicht mehr da ...»

Jemand steht hinter ihm und wartet, bis die Reihe an ihm ist, und bürstet sich vor dem Spiegel überm Waschbecken.

«Lucienne! Hallo, verstehst du mich? ... Du mußt kommen ... Eine Entbindung? Ist mir doch völlig egal! Nein, ich bin nicht krank ... Nein, betrunken auch nicht ... Ja, ich weiß, was ich sage ... Nein, nicht die geringste Spur ... Wie? ... Hör mal, du bildest dir doch hoffentlich nicht ein, daß ich so was erfinden würde, bloß damit du hierher ... Was? ... Natürlich wäre mir das lieber gewesen. Aber wenn du wirklich nicht früher ... Also bis morgen, zwölf Uhr vierzig ... Was? Ich soll noch mal ... Mich besser umsehen? Aber ich hab mich doch gründlich umges ... Nein, ich begreif's auch nicht ... Ja! Abgemacht. Bis morgen.»

Ravinel legte den Hörer auf und nahm an einem Fenster Platz. Man konnte es Lucienne nicht übelnehmen. Wenn man ihm, Ravinel, die Sache am Telefon erzählt hätte – er hätte sie wahrscheinlich auch nicht geglaubt. Er aß mechanisch, stieg dann wieder in den Wagen und fuhr nach Enghien zurück. Lucienne hatte recht. Besser, wieder hinzufahren, weiterzusuchen und, da nichts anderes übrig blieb, sich den Nachbarn zu zeigen. Zeit gewinnen! Und vor allem: Aussehen wie immer!

Ravinel öffnete die Tür. Sie war abgeschlossen, wie er sie verlassen hatte. Irgendwie war er enttäuscht. *Was hast du denn erwartet, du Rindvieh?* Eigentlich erwartete er gar nichts mehr. Seine Ruhe wollte er haben, Frieden, Vergessen. Er nahm eine Tablette, ging ins Schlafzimmer hinauf und schloß sich ein. Den Revolver legte er auf den Nachttisch, dann warf er sich angezogen aufs Bett und schlief sofort ein.

Sechstes Kapitel

Gegen fünf Uhr wachte Ravinel auf; er fühlte sich zerschlagen, hatte Magenbeschwerden, ein verschwollenes Gesicht und feuchte Hände. Doch als er sich die Frage vorlegte: *Was ist aus der Leiche geworden?* stellte sich sofort die überzeugende Antwort ein: *Die Leiche ist gestohlen worden.* Und Ravinel fühlte sich für den Augenblick ein wenig beruhigt. Er stand auf, wusch sich kalt und rasierte sich. Er war auf einmal ziemlich ruhig. Gestohlen hatte man sie, zum Teufel! Das war schwerwiegend, außerordentlich schwerwiegend, doch die Gefahr hatte damit ihr Wesen geändert, war erkennbar geworden. Mit einem Dieb kann man immer einig werden. Man braucht nur entsprechend tief in die Tasche zu greifen.

Die letzte Schlafbenommenheit verschwand aus seinem Kopf. Er hatte wieder Kontakt mit seiner Umgebung, mit der Stube, den Möbeln; Kontakt mit dem Leben. Er prüfte seine Beine: sie zitterten nicht. Das Haus umgab ihn vertraut, freundschaftlich, ohne Geheimnis. *Immer mit der Ruhe! Es mußte doch mit dem Deibel zugehen, wenn ... Ganz klar; geklaut hat sie einer!*

Doch als er den Gedanken näher untersuchte, kamen ihm mehr und mehr Zweifel. Eine Leiche stehlen? Wozu? Und was für ein Risiko für den Dieb ... Seine nächsten Nachbarn kannte er recht gut. Rechts Bigaux, Bahnbeamter, fünfzig Jahre alt, der typische kleine Mann, unscheinbar. Bigaux kannte nur seinen Dienst, seinen Garten, sein Kartenspielchen. Niemals erregt, immer ausgeglichen. *Und der soll eine Leiche ...? Idiotische Vorstellung!* Und seine Frau hatte ein Magengeschwür. Wenn man sie bloß anblies, fiel sie schon um. Links Poniatowski; Buchhalter in einer Möbelfabrik, geschieden, fast nie zu Hause ... Übrigens konnte weder Bigaux noch der Buchhalter Zeuge der Szene im Waschhaus gewesen sein. Konnte einer von den beiden Mireille später entdeckt haben? Aber es gab hier gar keinen Zugang zum Ufer. Höchstens drüben auf der anderen Seite ... Aber wozu sich mit einem Leichnam belasten, wenn man gar nicht weiß, daß ein Verbrechen geschehen ist? ... Denn für den Diebstahl gab es nur eine einzige Erklärung: Erpressung. Andererseits weiß kein Mensch etwas von der Versicherungspolice. Und welche Aussichten hat ein Erpresser bei einem ganz bescheidenen Handelsvertreter? Jedermann weiß, daß Ravinel schlecht und recht gerade seinen Lebensunterhalt verdient ... Allerdings begnügen sich manche Erpresser mit sehr wenig. Mit einem kleinen Fixum ... einer Rente sozusagen ... Aber nein! Ganz abgesehen vom Risiko – wer hat schon die Nerven für so etwas? *Ich hätte sie ganz gewiß nicht.*

Unschlüssig überdachte er alle diese Hypothesen, und wieder überfiel ihn ein niederschmetterndes Gefühl der Ohnmacht. Nein, die Leiche war nicht gestohlen worden. Und trotzdem war sie nicht mehr da. Also war sie doch gestohlen worden ... Aber aus welchem Grund? Ravinel fühlte in seiner linken Schläfe einen leichten Schmerz, und er massierte sich die Stirn. Krank zu werden, das fehlte jetzt noch ... das konnte er sich jetzt weiß Gott nicht leisten ... Doch was tun, du lieber Himmel, was tun?

Er rannte in der Stube umher und zerbiß sich die Lippen. Die Einsamkeit erdrückte ihn. Er hatte nicht einmal die Kraft, die Bettdecke glattzustreichen, die ganz zerwühlt war, oder das Waschbecken voll grauen Waschwassers auszuleeren und die leere Weinflasche wegzuräumen; er begnügte sich damit, sie mit der Fußspitze unter den Schrank zu schieben. Er steckte den Revolver ein und stieg die Treppe hinab. Wohin sollte er gehen? An wen sich wenden? Er öffnete die Tür. Schon begann die Nacht zu sinken. Lange, rosarote Streifen zogen sich über den Himmel, und irgendwo brummte ein Flugzeug. Ein banaler und zugleich feierlicher Abend, der das Herz schwellen ließ von Kummer, Groll und Bedauern. Ein Abend wie jener, an dem er am quai des Grands-Augustins dicht bei der place Saint-Michel zum erstenmal Mireille getroffen hatte. Er hatte damals im Kasten eines Bouquinisten gewühlt; sie hatte auch dort gestanden und in einem Buch geblättert. Die Lichter waren rundum aufgeflammt ... Blödsinnig, diese Erinnerungen. Es tut nur weh.

Ravinel ging zum Waschhaus hinab. Auf dem Flüßchen schwamm etwas Schaum, beim Wehr drüben tanzten rötliche Reflexe. Eine Ziege meckerte auf der Wiese am anderen Ufer; es war die Ziege des Briefträgers. Ravinel fuhr plötzlich zusammen. Die Ziege des Briefträgers ... Jeden Morgen führte das Töchterchen des Briefträgers sie her und band sie mit einem langen Strick an einen Pflock. Jeden Abend holte sie sie wieder ab. Sollte etwa ...?

Der Briefträger war Witwer. Sie war das einzige Kind; sie hieß Henriette. Sie blieb fast immer zu Hause, denn sie war ein bißchen beschränkt. Sie kochte und führte den Haushalt. Für ihre zwölf Jahre kam sie ganz gut damit zurecht.

«Ich hätte gern eine Auskunft, Mademoiselle ...»

Keiner nannte sie Mademoiselle. Eingeschüchtert wagte sie nicht, Ravinel hereinzubitten, und er versuchte geniert, wieder zu Atem zu kommen; er war gerannt. Jetzt wußte er nicht, wie er beginnen sollte.

«Haben Sie heute morgen die Ziege auf die Wiese gebracht?»

Das Mädchen errötete; sie war sofort auf ihrer Hut. Hatte sie etwas angestellt?

«Ich wohne nämlich gegenüber, wissen Sie ... Im ‹Haus Frohsinn›. Das kleine Waschhaus gehört mir ...» Da sie ein wenig schielte, sah er ihr nacheinander in beide Augen, um eine mögliche Lüge zu entlarven. «Meine Frau hatte Taschentücher zum Trocknen dort gelassen. Ein Windstoß muß sie wohl entführt haben.»

Es war ein lächerlicher, absurder Vorwand, aber er war viel zu müde, um eine raffiniertere Ausrede zu erfinden. «Heute morgen ... Haben Sie da nichts vor dem Waschhaus im Wasser schwimmen sehen?»

Ihr langes, schmales Gesicht wurde von zwei steifen Zöpfen eingerahmt, und zwei Schneidezähne standen heraus, obwohl sie den Mund geschlossen hielt. Ravinel spürte unbestimmt, daß in dieser Begegnung etwas Tragisches lag.

«Sie binden Ihre Ziege doch ganz dicht beim Wasser an. Kommen Sie niemals auf die Idee, mal nach dem Waschhaus hinüberzublicken?»

«Doch.»

«Also, jetzt versuchen Sie mal, sich zu erinnern. Heut morgen . . .»
«Nein . . . Nix gesehn.»
«Um wieviel Uhr sind Sie auf die Wiese gekommen?»
«Weiß nicht.»
Ein Zischen erklang am Ende des Flurs. Sie errötete noch mehr und nestelte an ihrer Schürze. «Die Suppe!» sagte sie. «Darf ich mal . . .»
«Natürlich . . . Fix, laufen Sie hin.»
Sie rannte weg, und er trat in den Flur, um nicht von den Nachbarn gesehen zu werden. Er sah eine Ecke der Küche; Handtücher hingen auf einem Wäscheseil. Er hätte sich gern davongeschlichen. Sehr schön war das nicht, das Kind auf diese Weise auszuhorchen.
«Es war die Suppe», sagte Henriette. «Sie ist übergelaufen.»
«Viel?»
«Nicht sehr viel . . . Vielleicht wird Papa nichts merken.» Sie kniff die Nase ein bißchen zusammen; sie hatte Sommersprossen auf dem Nasensattel, genau wie Mireille.
«Schimpft er?» fragte Ravinel. Sofort bereute er es, denn es war ihm klar, daß die Kleine trotz ihrer zwölf Jahre schon die Erfahrungen eines alten Weibes hatte.
«Um wieviel Uhr stehen Sie auf?»
Sie runzelte die Brauen und zupfte an ihren Zöpfen. Vielleicht suchte sie nach Worten.
«Ist es noch dunkel, wenn Sie aufstehen?»
«Ja.»
«Und dann bringen Sie gleich die Ziege fort?»
«Ja.»
«Gehen Sie nicht manchmal noch ein bißchen auf der Wiese spazieren?»
«Nein.»
«Warum denn nicht?»
Sie wischte sich die Lippen mit dem Handrücken ab, drehte den Kopf zur Seite und stammelte irgend etwas.
«Wie?»
«Ich hab Angst.»
Mit zwölf Jahren hatte auch er Angst gehabt, wenn er morgens zur Schule ging. Die laue Dunkelheit, der Sprühregen, die engen Gäßchen, in denen Mülleimer standen . . . Es war ihm immer vorgekommen, als gehe jemand hinter ihm her. Wie erst, wenn er eine Ziege auf eine Wiese hätte bringen müssen . . .? Er betrachtete das alte Gesichtchen des Kindes, auf dem schon Zweifel und Furcht eingegraben waren. Er sah plötzlich den kleinen Ravinel vor sich, diesen Unbekannten, von dem er so wenig wußte, an den er ungern dachte, der ihn aber stets wie ein Schatten begleitete, und er wußte nicht, was er sagen sollte. Wenn er

damals irgend etwas im Wasser hätte schwimmen sehen ... Unmöglich, irgend etwas zu erfahren. Es war wie ein Geheimnis zwischen ihnen.

«Sonst war niemand auf der Wiese?»

«Nein ... ich glaub nicht.»

«Und im Waschhaus? ... Sie haben niemanden gesehen?»

«Nein.»

Er fand in seiner Tasche eine Münze, er öffnete die Hand des Mädchens.

«Für Sie.»

«Er wird's mir wegnehmen.»

«Nein. Sie wissen doch sicher ein Plätzchen, wo Sie es verstecken können.»

Nachdenklich schüttelte sie den Kopf; dann schloß sie unsicher die Finger.

«Ich werde wiederkommen, Sie zu besuchen», versprach Ravinel.

Zum Abschied mußte man wohl ein ermunterndes Wort sagen, mußte den Eindruck vom Optimismus hinterlassen und so tun, als gäbe es weder Ziege noch Waschhaus. Beim Fortgehen stieß Ravinel mit dem Briefträger zusammen, einem trockenen Männchen, das sich unter dem Gewicht seiner Tasche weit nach hinten lehnte wie eine Schwangere.

«Tag, Chef ... Wollen Sie zu mir?» sagte der Briefträger. «Es ist wohl wegen des Rohrpostbriefes?»

«Nein, ich erwarte ein Einschreiben ... Ein Rohrpostbrief, sagen Sie?»

Der Postbote musterte ihn unter dem Mützenschirm hervor. «Ja, sag ich doch. Ich hab geklingelt, aber niemand hat aufgemacht. Da hab ich ihn in den Briefkasten gesteckt. Ist Ihre Frau verreist?»

«Sie ist in Paris.»

Er hätte nicht zu antworten brauchen, aber er war jetzt am Ende mit seiner Widerstandskraft. Mit zu vielen Leuten mußte er zurechtkommen.

«*Salut!*» sagte der Briefträger, trat ein und schlug die Tür zu.

Ein Rohrpostbrief? Auf jeden Fall nicht von seiner Firma. Von dort kam er ja gerade erst. Von Germain vielleicht? Ziemlich unwahrscheinlich. Es sei denn, der Rohrpostbrief wäre an Mireille adressiert.

Ravinel ging durch die erleuchteten Straßen nach Hause. Es war auf einmal sehr kühl, und die Gedanken kreisten schneller in seinem Kopf. Die Tochter des Briefträgers hatte offenbar nichts gesehen; oder, falls sie doch etwas gesehen hatte, hatte sie nichts begriffen – oder aber sie hatte begriffen und würde schweigen. Jedermann kannte Mireille. Wenn jemand ihre Leiche entdeckt hätte, so hätte er zweifellos Anzeige erstattet.

Doch da war der Rohrpostbrief. Vielleicht hatte der Dieb ihm geschrieben, um seine Bedingungen zu diktieren.

Der Umschlag steckte im Briefkasten. Ravinel nahm ihn mit in die Küche, um den Brief bei Licht zu lesen. Herrn Fernand Ravinel ... *Diese Schrift!* Er schloß die Augen und zählte bis zehn. *Vielleicht bin ich krank, ernsthaft krank.* Seine Augen öffneten sich wieder und starrten auf die Aufschrift. Versagen des Gedächtnisses ... Spaltung der Persönlichkeit. Schizophrenie ... Quatsch. Es konnte nicht Mireilles Handschrift sein. Herrgott noch mal! Wieso auch? Nein, es war bestimmt nicht Mireilles Handschrift.

Der Umschlag war sorgfältig zugeklebt. Er suchte in der Schublade des Küchenschranks und nahm ein Tranchiermesser heraus. Unterwegs zum Tisch schwang er es wie eine Waffe. Dort lag noch der malvenfarbene Brief auf dem schimmernden Wachstuch. Die Messerspitze suchte vergeblich nach einem Schlitz. Ravinel riß den Brief schließlich ungeduldig auf. Rasch las er ihn durch, ohne zu begreifen:

Mein Liebling,
ich muß für zwei
oder drei Tage fort. Aber
mach Dir keine Sorgen,
es ist nichts Ernstliches.
Ich werde Dir alles er-
klären. Im Speise-
schrank im Keller
findest Du zu essen.
Mach erst das ange-
brochene Marmelade-

Glas leer, ehe Du ein neues öffnest, und denk daran, den Gashahn richtig zu schließen, wenn Du den Herd nicht mehr brauchst. Das vergißt Du immer. Auf bald! Ich küsse Dich, wie Du es gern hast, mein Dickerchen.

Deine

Mireille

Ravinel las den Brief noch einmal langsamer und dann noch ein drittes Mal. Ein Versehen bei der Post. Mireille war vermutlich Anfang der Woche ein paar Tage fort gewesen. Er sah nach dem Poststempel auf dem Umschlag. Paris, 7. Nov. 16^{00}. *Der 7. November, das ist doch ... Das ist heute! Ja aber ... Donnerwetter, warum auch nicht? Mireille ist halt nach Paris gefahren ... Ganz in Ordnung ...* In seiner Kehle zog sich etwas zusammen. Er fing an zu lachen. Er lachte, wie man sich erbricht. Tränen trübten ihm den Blick, und plötzlich schleuderte er mit aller Kraft das Messer durch die Küche. Die Klinge blieb in der Tür stecken und zitterte leise. Ravinel blieb mit offenem Munde sitzen. Sein Gesicht verzerrte sich. Dann wankte der Fußboden, sein Kopf schlug auf die Fliesen. Regungslos blieb er zwischen dem Tisch und dem Herd liegen. Aus dem linken Mundwinkel sickerte ein wenig Speichel.

Sein erster Gedanke nach einer wahrscheinlich sehr langen Zeit war, daß er sterben werde. Wenn er es bedachte, kam es ihm sogar so vor, als müsse er schon tot sein. Allmählich tauchte er aus einer Art verworrener Ermüdung auf. Er schwebte. Er war so leicht, als sei sein Körper von ihm gefallen. Oder richtiger, er teilte sich, wie ein Gemenge von Wasser und Öl sich in zwei Schichten teilt. In einem Teil seiner selbst spürte er etwas wie eine Befreiung, eine unendliche Erleichterung; in einem anderen Teil war er noch der Schwerkraft unterworfen und sehr verwirrt. Eine kleine Anstrengung, und er würde eine dünne Wand durchstoßen, um die Augen in einer anderen Welt zu öffnen. Aber seine Augen gehörten ihm gar nicht mehr. Da war irgendeine Nervenleitung, die nicht mehr funktionierte. Und dann hatte er plötzlich das Gefühl, sich auf einer großen, fahlen Fläche zu befinden. Vorraum zum Paradies? Er war endlich frei. Völlig intakt fand er sich wieder; dessen war er sich undeutlich bewußt ... er glich einem flüssigen Stoff, der beliebige Form annehmen kann ... Eine Seele ... Er war zu einer Seele geworden. Er würde von vorn beginnen können ... *Was denn von vorn beginnen?* Die Frage hatte im Augenblick keinerlei Bedeutung. Wesentlich war nur, die fahle Helligkeit zu beachten, sie sich einzuverleiben, sich zu durchtränken mit ihr, sich leuchtend zu wissen wie ein Wasser, das ein Lichtstrahl bis auf den Grund erhellt. Wasser zu sein, reines Wasser ... Das Weiße dort vor ihm tönte sich golden. Dies war nicht irgendein beliebiger Raum. Es wies dunklere Zonen auf und namentlich einen undurchsichtigen Streifen, von wo ein regelmäßiges, mechanisches Geräusch kam, vielleicht ein Geräusch aus dem ehemaligen Leben. Etwas bewegte sich mitten im Weißen, ein fliegender schwarzer Punkt. Es bedurfte nur eines Wortes, um zu wissen. Eines einzigen Wortes. Dann wäre die Grenze endgültig überschritten. Das Gefühl des großen Friedens würde nicht mehr fragwürdig sein. Es würde sich in eine ruhige Freude verwandeln, eine leicht wehmütige Freude. Irgendwo bildete das Wort sich bereits. Ganz fern entstand es, näherte sich summend. Es barg eine Drohung ... Dann war es da: FLIEGE!

Fliege. Es war eine Stubenfliege. An der Decke saß eine Fliege ... Das große Dunkle in der Ecke war der Küchenschrank. In der kalten Stille fing alles wieder an. Er betastete um sich herum die Fliesen. *Ich bin eisig kalt. Ich lieg auf dem Boden. Ich bin Ravinel. Auf dem Tisch liegt ein Brief ...*

Nur nicht begreifen. Das war die Hauptsache. Nicht begreifen wollen! Keine Frage an sich stellen. Solange wie möglich sich diese verzweifelte Gleichgültigkeit bewahren. Es ist hart. Es ist aufreibend. Aber bloß nicht denken! *Laß es dabei bewenden, die Muskeln zu bewegen ... Die Muskeln gehorchen dir. Die Arme heben sich, wenn du es wünschst.* Die Augen ruhen auf Dingen, die anzuschauen Vergnügen macht. Man möchte den Dingen am liebsten Namen geben: *der – Gas-herd ... der – Flie-sen-boden ...* Das trügt nicht. Das malvenfarbene Papier auf dem Tisch dagegen, der aufgerissene Umschlag ... *Gefahr!* Soll man davonlaufen? Oder sich mit dem Rücken zur Wand stellen? Sich zur Tür tasten, sie aufreißen, hastig hinter sich zuwerfen, abriegeln, zwei- dreimal den Schlüssel umdrehen? Man weiß nicht mehr, was hinter dieser Tür jetzt vor sich geht. Besser ist es wohl auch, nicht zu wissen. Man sähe vielleicht die Worte des Briefes sich aufblähen, auseinanderfallen, sich zersetzen zu Strichen, die aneinandergefügt eine furchtbare Silhouette zeichnen würden ...

Als Ravinel ans Ende der Straße kommt, dreht er sich um. Das Haus dort hinten sieht bewohnt aus, weil er das elektrische Licht nicht ausgelöscht hat. Abends hat er oft hinter den Jalousien Mireilles Schatten gleiten sehen, wenn er nach Hause kam. Jetzt ist er aber schon zu weit von den Fenstern entfernt. Auch wenn der Schatten drinnen vorüberglitte, könnte er ihn nicht sehen. Er geht zum Bahnhof. Er ist barhäuptig. Im nächsten Café trinkt er zwei Glas Bier. Victor, der Kellner hinter der Bar, ist sehr beschäftigt; sonst würde er gern einen Schwatz machen. Er zwinkert ihm lächelnd zu. Wie ist es zu erklären, daß ein kühles Bier in der Gurgel brennen kann? Fliehen? Das hat keinen Sinn mehr. Ein anderer malvenfarbener Brief kann bei der Polizei eintreffen und irgendeinem Kommissar das Verbrechen mitteilen. Mireille kann Anklage wegen Mordes erheben ... *Halt! Daran zu denken ist verboten!* Am Quai ist lebhafter Fußgängerverkehr. Die Farben tun weh. Das rote Signal ist zu rot, und das grüne Signal riecht süßlich nach Limonade. Die Zeitungen in der Bibliothek riechen nach Druckerschwärze. Auch die Menschen fangen an, einen Geruch zu verbreiten ... wie Wildbret ... der Zug stinkt wie die Métro. Natürlich! Das mußte so enden. An irgendeinem Tag mußte er zwangsläufig merken, was allen anderen verborgen bleibt. Die Lebenden, die Toten, es ist immer dasselbe Gelichter. Weil unsere Sinne zu grob sind, bilden wir uns gewöhnlich ein, die Toten seien anderswo; wir meinen, es gäbe zwei Welten. Das stimmt aber nicht. Die Unsichtbaren sind da, sie leben unter uns, gehen weiter ihren kleinen Besorgungen nach. *Denk daran, den Gashahn richtig zu schließen.* Mit ihrem Schattenmund sprechen sie; sie schreiben mit ihren durchsichtigen Händen. All das ist für die stumpfen Lebenden nicht wahrnehmbar, wird aber unter gewissen Umständen sichtbar. Es genügt wahrscheinlich, nicht ganz und gar geboren, nicht völlig ins lärmende, bunte Leben, in den Sturm der Geräusche, Farben und Formen eingespannt zu sein ... Der Brief bedeutet nur, daß man nun eingeweiht werden soll. Wozu Angst haben?

«Die Fahrscheine, bitte.»

Der Kontrolleur. Er hat ein rotes Gesicht und im Nacken zwei Speckfalten. Mit ungeduldigen Bewegungen schiebt er die Fahrgäste beiseite. Er merkt nicht, daß er auch eine Menge Schatten beiseite schiebt, die sich unter die Lebenden gemischt haben. Nicht jeder kann sich an die Grenze halten. Mireille wird sich jetzt früher oder später zeigen. Der Brief ist nur eine Vorankündigung. Sie wollte nicht selbst kommen. Sie war immer diskret, unaufdringlich; jetzt ist sie für zwei oder drei Tage fortgegangen. *Ich muß für zwei oder drei Tage fort.* Wie kindlich war die List! *Nichts Ernstliches. Ich werde Dir alles erklären.* Der Tod ist nichts Ernstliches; das ist klar. Bloß eine Veränderung des Aggregatzustandes. Eigentlich genauso wie das Leben – das Leben ohne Kälte, ohne Sorgen, ohne die Angst, Fehler zu machen. Mireille ist bestimmt nicht unglücklich. Sie wird ihm das alles erklären. Ach, sehr viel brauchte sie ihm gar nicht mehr zu erklären. Er weiß Bescheid . . . Wie gut er plötzlich seine ganze Vergangenheit begreift. Die anderen – der Vater, die Mutter, die Freunde – alle haben immer versucht, ihn anzubinden, ihn zu verwurzeln, ihn vom Wesentlichen abzulenken. Examen, Beruf . . . lauter Fallstricke. *Selbst Lucienne hat kein Verständnis. Geld, immer Geld! Nur daran denkt sie. Als ob das Geld nicht das Sinnbild, das eigentliche Wesen der Erdenschwere wäre . . . Hat sie nicht als erste von Antibes gesprochen?*

Wenn es Sonne gäbe, viel Sonne, wäre alles anders. Dann würde Mireille sich nicht mehr manifestieren. Löscht das Licht nicht die Sterne aus? Und trotzdem existieren die Sterne auch bei Tag. Antibes! Das war das einzige Mittel, Mireille loszuwerden, sie auszulöschen. Lucienne hat genau gewußt, was sie tat. Doch jetzt hat er begriffen; er hat keine Lust mehr zu fliehen, in den Flimmerglanz des Südens auszuweichen. Mireille ist ihm ja nicht böse. Bleibt nur noch, diese Furcht zu besiegen. Eine entsetzliche Furcht, die nur auf eine günstige Gelegenheit wartet, um aufzuspringen. Sich daran zu gewöhnen, wird nicht leicht sein. Vielleicht müßte er, ohne zu zittern, an die Badewanne denken, an die tote, steife, kalte Mireille mit den nassen Haaren . . .

Die Schienen verflechten und entflechten sich in rasender Geschwindigkeit unter den Rädern des Zuges. Waggonreihen, Bahnhöfe, Brücken, Lagerplätze fliegen vorbei. Eine Welt, die dröhnt. Das Abteil schaukelt sanft im Licht blau getönter Lampen. Es ist, als sei man zu einer langen, langen Reise aufgebrochen und käme nirgends an, da man ja unter den Lebenden aussteigen wird.

Es regnet. Lokomotivenrauch schlägt sich nieder, zerfasert, und die Gepäckträger stehen einem im Weg. Menschen rennen, winken sich zu, treffen sich, küssen sich. *Ich küsse Dich, wie Du es gern hast, mein Dik-*

kerchen. Doch Mireille kann nicht noch immer da sein. Ihre Stunde ist noch nicht gekommen ... Da ist das Postamt.

«Geben Sie mir Nantes.»

Auf den Wänden sind Kritzeleien, Telefonnummern, obszöne Zeichnungen.

«Hallo, Nantes? ... Die Klinik, bitte ... Bitte, Dr. Lucienne Mogard.»

Um die Kabine herum das dumpfe Brausen der Menge. Wie ein Fluß, der sich an einem Brückenpfeiler teilt. Sonst nichts.

«Hallo! ... Bist du's? Sie hat mir geschrieben. Sie wird in ein paar Tagen zurückkommen ... Mireille natürlich! Mireille hat mir geschrieben ... Ja, einen Rohrpostbrief ... Ja, es ist bestimmt ihre Schrift ... Nein. Nein. Ich bin durchaus bei klarem Verstand ... Ich versuche nicht, dich zu quälen; ich will bloß, daß du im Bilde bist ... O ja, das weiß ich auch. Aber ich beginne jetzt, eine ganze Menge Dinge zu begreifen ... Ach, das läßt sich jetzt nicht so am Telefon erklären ... Was ich tue? Wenn ich das bloß selbst wüßte ... Ja, abgemacht. Auf morgen!»

Arme Lucienne! Dieses Bedürfnis, stets alles mit dem Verstand zu erklären ... Sie wird schon merken, was los ist. Er hat es ja auch gemerkt. Mit dem Finger wird sie das Geheimnis berühren. Sie wird den Brief sehen.

Aber wird sie den Brief auch sehen können? Selbstverständlich; der Briefträger hat ihn ja gebracht, ein Postbeamter hat ihn gestempelt und ein anderer ihn aus einem Briefkasten in die große Ledertasche fallen lassen. Der Brief ist ganz real. Nur seine Bedeutung ist nicht für jedermann faßlich. Dazu muß man in beiden Welten gleichzeitig denken können.

Der boulevard de Denain. Die flimmernden Regentropfen. Die glänzende Herde der Autos. Der wilde Reigen der Lichter. Die Cafés sind wie große, gelb funkelnde Höhlen, deren Tiefe durch unsichtbare Spiegel ins Unendliche vergrößert wird. Auch hier wieder die knappe Grenze, die Bilder und Spiegelungen trennt, ohne daß jemand es beachtet.

Die Nacht füllt den Boulevard wie eine quirlende Flüssigkeit, wie ein limonadiges Wasser, in dem Lichter, Gerüche und Menschen durcheinandertaumelnd treiben. *Na, gib es schon zu! Wie oft hast du geträumt, du seist eine Wasserleiche und triebst auf dem Boden der großen Gräben dahin, die man Straßen nennt? Oder du warst auch ein Fisch, und es machte dir Spaß, mit der Nase an die großen Scheiben zu stupsen, die großen Reusen anzuschauen, die sie Kirchen nennen – mitten in der Strömung sind sie ausgelegt –, und um die Pflanzenbüschel herumzugleiten, will sagen die Plätze, wo die Gestalten sich suchen, sich verfolgen, sich umschlingen im Gewirr der Schatten? Wenn du auf den Ein-*

fall mit der Badewanne eingegangen bist, dann nur wegen des Wassers, nicht wahr? Wegen dieser schimmernden, glatten Fläche, unter der sich etwas begibt, was schwindelig macht. Du wolltest, daß Mireille am Spiel teilnimmt. Und jetzt bist du auch deinerseits versucht. Du beneidest sie vielleicht?

Ravinel ist lange, lange Zeit planlos umhergeirrt. Und auf einmal steht er am Seineufer. Er geht am Steingeländer entlang, das ihm fast bis zu den Schultern reicht. Da vorn ist eine Brücke; unter ihrem weitgespannten Bogen ein Gewimmel öliger Reflexe. Die Stadt macht einen verlassenen Eindruck. Es bläst ein leichter Wind, der nach Schleuse und Viehtränke riecht. Mireille ist nirgendwo da, mit der Nacht vermischt. Beide existieren sie, jeder ist in ein anderes Element getaucht, und so können sie nicht zusammenkommen. Sie leben in Bereichen, deren Wesenheiten verschieden sind. Doch Interferenzen sind immer möglich, Überschneidungen, Signale, die man austauscht, wie die Passagiere zweier Schiffe, die sich voneinander entfernen.

«Mireille . . .» Zärtlich spricht er den Namen aus . . . Nein, er kann es nicht aufschieben. Je eher, je besser. Flucht ist ihm Bedürfnis: er muß seinerseits den Spiegel zerbrechen.

Siebentes Kapitel

Als Ravinel erwachte, erkannte er das Hotelzimmer; er erinnerte sich, daß er lange umhergeirrt war, und Mireilles Bild fiel ihm ein. Er seufzte. Er brauchte mehrere Minuten dazu, um sich klar darüber zu werden, daß heute wahrscheinlich ein Sonntag sei. Es war sogar bestimmt ein Sonntag, fiel ihm dann ein, da Lucienne ja um zwölf Uhr und soundso viel Minuten mit dem Zug ankommen würde. Sie mußte wohl schon unterwegs sein. Was sollte er bis zu ihrer Ankunft tun? Was kann man an einem Sonntag anfangen? Es ist ein toter Tag, der quer über der Woche liegt und einen am Weitergehen hindert. Dabei hatte es Ravinel eilig. Er hatte es eilig, anzukommen!

Neun Uhr.

Er stand auf, zog sich an und schlug den verschlissenen Vorhang beiseite, der das Fenster verbarg. Grauer Himmel. Dächer. Nicht sehr erheiternd. Er ging nach unten, bezahlte einer alten Frau mit Lockenwicklern seine Rechnung. Auf dem Trottoir erst bemerkte er, daß er sich im Viertel der Hallen befand, zwei Schritt von Germains Wohnung entfernt. Eigentlich könnte er einen Besuch bei Germain machen. Warum nicht? Es kürzte das Warten ab . . .

Mireilles Bruder wohnte im vierten Stock, und da die Treppenhausbeleuchtung nicht funktionierte, mußte er sich durch eine von sonntäglichen Gerüchen und Geräuschen erfüllte Düsternis nach oben tasten. Hinter den dünnen Wänden lebten Menschen; sie sangen vor sich hin oder hatten ihr Radio angestellt; sie dachten an das Fußballspiel am Nachmittag oder an den Kinobesuch am Abend. Überlaufende Milch zischte auf Herdplatten; Kinder heulten. Ein Mann im Pyjama, der sich den Mantel mit hochgestelltem Kragen übergeworfen hatte, begegnete Ravinel, einen Hund an der Leine. Ravinel empfand sich als Fremder, als Eindringling. Bei Germain steckte der Schlüssel von außen, wie immer. Doch Ravinel benutzte ihn nie. Er klopfte.

Germain öffnete ihm. «Nanu, Fernand? Wie geht's denn?»

«Danke. Und bei dir?»

«Ziemlich belämmert ... Entschuldige die Unordnung. Ich bin eben erst aufgestanden. Trinkst du eine Tasse Kaffee mit? Nein, nein – es macht keine Umstände!» Er ging vor Ravinel in die Küche, schob die Stühle zurecht und ließ einen Schlafrock verschwinden.

«Wo ist Marthe?» fragte Ravinel.

«In der Messe, aber sie muß bald zurückkommen. Setz dich doch, Fernand. Ich frage nicht, wie es dir gesundheitlich geht; Mireille hat mir schon erzählt, daß du prima in Form bist ... Ach ja; du hast's gut. Ich hingegen ... Hast du eigentlich meine letzte Röntgenaufnahme gesehen? ... Da, bedien dich. Der Kaffee steht auf dem Gas – warte; ich gieß dir gleich ein.»

Mißtrauisch witterte Ravinel; es roch nach Eukalyptus und Apotheke. Neben der Kaffeekanne stand ein kleines Gefäß mit Injektionsnadeln und einer Spritze; Ravinel bedauerte, überhaupt gekommen zu sein.

Germain kramte in seinem Zimmer und rief in Abständen halbe Sätze herüber: «Du wirst sehen, wie deutlich sie ist ... Und mit ein bißchen Pflege ... Das heißt, der Arzt hat gesagt ...»

Bei der Hochzeit glaubt man, eine Frau zu heiraten, aber man heiratet eine Familie samt allen ihren Geschichten. Man heiratet die Kriegsgefangenschaft Germains, die Vertraulichkeiten Germains, die Bazillen Germains. Das Leben ist trügerisch. Wenn man klein ist, scheint es einem voller Wunder zu sein. Später aber ...

Germain kam mit großen gelben Umschlägen zurück. «So greif doch bloß zu, alter Junge ... Ach, du hast wohl schon gefrühstückt? Dieser Dr. Gleize ist wirklich eine Kapazität. Er macht dir Aufnahmen! ... Und wie er sie dann ausdeutet! Unsereins sieht da nur schwarze und weiße Flecken, aber er sagt dir, was los ist, als ob er in einem Buch liest.»

Er hielt die knisternde Fotografie gegen das Fenster.

«Da, siehst du, über dem Herzen ... Ja, die weiße Stelle ist das Herz. Allmählich werde ich Fachmann. Kein Wunder ... Genau über dem

Herzen siehst du so was wie einen kleinen Strich ... Aber du bist ja viel zu weit weg ... Du mußt näher herankommen.»

Ravinel verabscheute das. Er wollte gar nicht wissen, wie die Organe gebaut sind. Es war ihm immer unbehaglich, wenn er die Skeletteile betrachtete, die von den Röntgenstrahlen bloßgelegt und zugleich irgendwie mit einem Hauch von Poesie umgeben werden. Es gibt Dinge, die verborgen bleiben sollten. Man hat kein Recht, sie zu zeigen, man hat nicht das Recht, gewisse Geheimnisse zu lüften. Er hat sich immer vor Germain ein wenig geekelt, namentlich wegen dessen ungeheuerlicher Neugier.

«... und die Vernarbung hat große Fortschritte gemacht», sagte Germain. «Ich muß natürlich noch sehr vorsichtig sein. Aber es ist immerhin ermutigend ... Wart mal, ich werde dir auch die Analyse des Sputums zeigen ... Wo hab ich denn bloß den Wisch vom Laboratorium hingesteckt? Die gute Marthe verräumt aber auch alles ... Wenn sie ihn nicht schon an die Versicherung geschickt hat ... Übrigens kann dir auch Mireille sagen ...»

«Ja, ja – natürlich.»

Germain schob die Fotografie liebevoll in den Umschlag zurück und zog zu seinem Vergnügen eine andere Aufnahme heraus, die er mit zur Seite gelegtem Kopf betrachtete.

«Dreißig Piepen jedes Bild ... Zum Glück wird meine Rente erhöht werden. Verflixt, das nenn ich Wertarbeit! Aber die Burschen interessieren sich auch selbst dafür; ich bin ein interessanter Fall, sagt der Doktor immer.»

Im Schloß knirschte der Schlüssel. Marthe kam aus der Messe zurück.

«Tag, Fernand. Nett, daß du mal hereinschaust. Man sieht sich viel zu selten.»

Immer war sie ein bißchen sauersüß, die gute Marthe. Sie nahm den Hut ab und faltete den Schleier sorgfältig zusammen. Um irgend jemanden trug sie immer Trauer; sie liebte schwarz, weil es so vornehm und würdevoll wirkt. Und die Leute tuschelten hinter ihrem Rücken, sie habe eigentlich ein besseres Los verdient.

«Wie geht's Geschäft?» fragte sie mit einem ganz leisen Argwohn in der Stimme.

«Nicht schlecht. Ich kann nicht klagen.»

«Ja, ja, du hast immer Dusel ... Germain, deine Arznei!» Sie hatte schon einen Hauskittel angezogen und bediente mit lebhaften und geschickten Bewegungen bei Tisch. «Was macht Mireille?»

«Vorhin war sie hier», sagte Germain. «Du warst gerade fortgegangen.»

«Die hat sich ja zu einer Frühaufsteherin entwickelt», meinte Marthe.

Ravinel bemühte sich krampfhaft, zu begreifen. «Verzeihung, wie?» stammelte er. «Mireille war hier? Wann denn?»

Germain fuhr fort, seine Tropfen in ein Glas Wasser zu zählen: «... zehn ... elf ... zwölf ...» Er runzelte die Stirn und wollte sich nicht ablenken lassen. «... dreizehn ... vierzehn ... fünfzehn. – Wann?» sagte er mit abwesender Stimme. «Na, vor einer Stunde. Vielleicht auch ein bißchen länger ... sechzehn ... siebzehn ... achtzehn ...»

«Mireille?»

«Neunzehn ... zwanzig! So.» Germain wickelte die Pipette sorgsam erst in Watte, dann in Seidenpapier. Endlich hob er den Kopf. «Mireille, ja. Was ist denn daran so komisch? ... Was hast du denn, Fernand? ... Was hab ich denn gesagt?»

«Moment mal», flüsterte Ravinel. «Moment! ... Sie ist hier bei euch gewesen? Du hast sie gesehen?»

«Was denn? Ob ich sie gesehen habe? Ich lag noch zu Bett. Sie ist hereingekommen, wie gewöhnlich, hat mir guten Tag gesagt und mir einen Kuß gegeben.»

«Du bist ganz sicher, daß sie ...»

«Aber erlaube mal, Fernand. Ich versteh nicht, was du willst.»

Marthe, die ins Schlafzimmer gegangen war, stand eine Weile auf der Schwelle und beobachtete die beiden Männer. Ravinel nahm eine Zigarette aus dem Etui, um seine Verwirrung zu verbergen.

«Nicht!» bat Germain. «Du weißt doch ... der Rauch. Der Arzt hat's verboten.»

«Stimmt ja! Entschuldige.»

Ravinel rollte die Zigarette mechanisch zwischen den Fingern hin und her. «Merkwürdig», gelang es ihm zu sagen. «Sie hatte mir gar nichts davon gesagt.»

«Sie wollte das Ergebnis der letzten Röntgenuntersuchung wissen», erklärte Germain.

«Und sie kam dir ... Ich meine, sie war wie sonst auch?»

«Ja, natürlich.»

«Und sie war nicht ... Als sie dich küßte, ist dir da nichts aufgefallen?»

«Ich versteh dich nicht ... Was hast du eigentlich, Fernand? ... Nun hör dir das bloß an, Marthe: Fernand will nicht glauben, daß Mireille hier war!»

Marthe trat näher, und Ravinel begriff sofort, daß sie irgend etwas wußte. Etwas in ihm spannte sich; er fühlte sich wie ein Angeklagter vor seinem Richter.

«Wann bist du aus Nantes gekommen, Fernand?»

«Gestern ... gestern früh.»
«Und es war niemand zu Hause?»

Ravinel sah sie an. *Ich hab noch nie gesehen, daß ihre Augen so glitzern, daß ihr Mund so verkniffen ist ...* «Nein. Mireille war nicht da.»

Marthe nickte ein paarmal mit dem Kopf.

«Meinst du wirklich?» murmelte Germain.

«Ganz bestimmt», erwiderte Marthe.

Ravinel konnte nicht mehr an sich halten. «So sagt doch, was los ist, Herrgott noch mal! Was wißt ihr denn? ... Seid ihr etwa gestern hinausgekommen?»

«Schrei mich doch nicht so an!» rief Germain verletzt. «Denk doch an meinen Zustand!»

«Es ist vielleicht besser, wenn du es ihm sagst», meinte Marthe und verschwand geräuschlos im Schlafzimmer.

«Mir was sagst?» nahm Ravinel ihre Worte auf. «Was soll das ganze Theater eigentlich bedeuten?»

«Langsam, langsam!» beschwichtigte Germain. «Marthe hat recht. Es ist wohl besser, wenn du im Bilde bist ... Eigentlich hätte ich dich schon warnen sollen, als ihr geheiratet habt. Ich dachte bloß, daß es sich durch die Ehe ... na, ändern würde. Der Arzt hat damals nämlich gesagt ...»

«Germain, sag endlich, was los ist, und damit basta.»

«Es ist mir peinlich, wenn ich dir weh tun muß, mein lieber Fernand. Aber es ist halt so: Mireille ist eine Ausreißerin.»

Marthe beobachtete Ravinel vom Schlafzimmer aus. Er spürte ihren Blick. Völlig verstört wiederholte er: «Eine Ausreißerin? ...»

«Oh, sie tut es nicht sehr oft», fuhr Germain rasch fort. «Als sie so etwa vierzehn Jahre alt war, ist es über sie gekommen.»

«Sie ist mit Männern auf und davon gegangen?»

«Aber nein! Doch nicht so! Eine Ausreißerin, sag ich doch. Weißt du denn nicht, was das heißt? Mireille ist plötzlich davongelaufen. Der Arzt hat uns klargemacht, daß es sich um ein ... wie hat er noch gesagt ... um ein Gemütsleiden handelt, sozusagen. Das kommt offenbar ziemlich häufig vor, sobald die Pubertät einsetzt. Sie nahm irgendeinen Zug, oder sie ging auch zu Fuß, bis sie erschöpft war ... Wir mußten jedesmal die Polizei benachrichtigen.»

«War 'ne schöne Geschichte, den Nachbarn gegenüber!» kommentierte Marthe vom Nebenzimmer aus, während sie die Kopfkissen aufschüttelte.

Germain zuckte die Achseln. «Irgendwas kommt in jeder Familie vor. Sogar noch in den allerbesten ... Hinterher war sie immer ganz unglücklich, das arme Mädchen! Aber es war halt stärker als sie. Wenn es über sie kam, dann mußte sie auf und davon.»

«Und was weiter?» drängte Ravinel.

«Was weiter? Du bist gut! Was weiter ... Ich hab den Eindruck, daß sie so einen Anfall hat. Da sie gestern nicht zu Hause war ... und heute morgen dieser Besuch hier, so ganz auf die Schnelle ... Aber sie kommt bestimmt in ein paar Tagen zurück; darauf kannst du dich verlassen.»

«Aber das ist doch gar nicht möglich!» platzte Ravinel heraus. «Sie ist doch ...» Er fing sich gerade noch rechtzeitig.

Germaine seufzte. «Das hab ich gleich befürchtet. Du willst uns nicht glauben ... Marthe, er will uns einfach nicht glauben.»

Marthe hob eine Hand, wie zum Schwur. «Ich kann dich gut verstehen, Fernand. So was zu erfahren ist ja nicht angenehm. Als ich erfuhr, daß Mireille ... Also, ich hab ja nichts gegen sie ... Aber wenn es nach mir gegangen wäre – ich hätte dich gleich gewarnt ... Und dabei kannst du noch froh sein: ihr habt wenigstens keine Kinder. Ihr hättet womöglich ein Baby mit Hasenscharte bekommen!»

«Marthe!»

«Ich weiß, was ich sage. Ich hab mal mit dem Doktor darüber gesprochen.»

Schon wieder der Doktor! Und die Röntgenaufnahmen auf der Tischdecke. Die Pipette ... erst in Watte, dann in Seidenpapier. Und Mireille, die mit vierzehn Jahren von zu Hause ausriß! Ravinel ließ den Kopf in die Hände sinken. «Hört auf! So hört doch endlich auf ... Ihr bringt mich noch um den Verstand.»

«Als ich vorhin heimkam, hab ich gleich gemerkt, daß da was nicht stimmt», fuhr Marthe fort. «Ich bin nicht wie Germain; der merkt niemals was. Wäre ich vorhin dagewesen, dann hätte ich gleich gesehen, daß Mireille nicht so wie immer war.»

Ravinel zerpflückte geistesabwesend die Zigarette auf dem Tischtuch. Er hatte Lust, die beiden zu packen und sie mit den Köpfen aneinanderzustoßen. *Die und Mitleid! Diese Heuchler* ... Eine Ausreißerin! Als ob Mireille jetzt noch ausreißen könnte. Mireille, die er mit eigenen Händen in die Zeltbahn eingerollt hatte. Nein: es war ein Komplott. Sie steckten unter einer Decke! Aber Germain war dazu viel zu dumm. Er hätte sich fast verplappert.

«Was hatte sie denn an?»

Germain dachte nach. «Wart mal ... Sie stand gegen das Licht, weißt du ... Ich glaube, sie hatte den grauen Mantel mit dem Pelzkragen an. Ja, ich bin sicher ... Und die Pelzmütze. Denn ich hab noch gedacht, daß ihr das nicht zu warm ist um diese Jahreszeit ... Paß auf, sie wird sich was holen! Erst schwitzt sie, und dann ...»

«Sie wollte vielleicht verreisen?» vermutete Marthe.

«O nein, den Eindruck hatte ich ganz und gar nicht. Je mehr ich darüber nachdenke, desto merkwürdiger finde ich es, daß sie gar nicht ein bißchen verwirrt gewesen ist. Wenn sie früher ihre Anfälle hatte, war sie immer nervös und ... na, so verkrampft. Um nichts und wieder nichts fing sie dann an zu heulen. Heute morgen dagegen kam sie mir ruhig vor, ganz ruhig ...» Und da er sah, wie Ravinel die Fäuste ballte, fuhr er fort: «Du darfst es ihr nicht übelnehmen, Fernand ... Sie ist ein liebes Mädchen.»

Marthe hantierte hinter Ravinel am Herd; Töpfe klapperten, und von Zeit zu Zeit wiederholte sie: «Nein, bleib nur ... Du bist mir nicht im Weg.»

Aber Ravinel mußte alle Augenblicke mit dem Stuhl rücken, und jede Bewegung fiel ihm schwer. Die Uhr, eine absurde vergoldete Uhr, die von zwei Nymphen mit nackten Brüsten getragen wurde, zeigte zehn Uhr zwanzig. Luciennes Zug verließ jetzt gerade Le Mans. Der Raum füllte sich allmählich mit müdem Tageslicht, das die Winkel im Schatten ließ und sich auf Wänden, Möbeln und Gesichtern wie grauer Staub ablagerte.

«Ich weiß, was du denkst», sagte Germain plötzlich.

Ravinel fuhr zusammen.

«Du denkst, sie betrügt dich, wie?»

Dieser Trottel! Nein, er spielte sicherlich nicht Komödie.

«Du brauchst dir aber keine dummen Gedanken zu machen. Ich kenn schließlich Mireille. Sie ist vielleicht manchmal ein bißchen schwer zu verstehen, aber sie ist durch und durch ehrlich.»

«Armer Germain!» seufzte Marthe beim Kartoffelschälen. Es sollte ganz offensichtlich heißen: Armer Germain, was weißt du von den Frauen!

Germain setzte sich zur Wehr. «Na hör mal! Mireille? Sie denkt nur an ihr Heim, an ihren Krimskrams. Man braucht sie ja bloß anzuschauen.»

«Sie ist viel zu oft allein», brummte Marthe. «Ach, das soll kein Vorwurf sein, Fernand. Natürlich, du mußt ja viel unterwegs sein. Aber ich mein halt, für eine junge Frau ist das ziemlich langweilig. Du sagst vielleicht, daß du ja nie sehr weit fort bist. Stimmt. Aber fort ist eben fort.»

«Damals, als ich noch in der Kriegsgefangenschaft war ...» begann Germain.

Gerade diesen Satz hätte er besser vermeiden sollen. Jetzt würde er die Geschichten erzählen, die Ravinel schon zwanzigmal hatte über sich ergehen lassen müssen. Wie ein Uhrwerk, das abschnurrte. Ravinel hörte nicht mehr hin. Er dachte auch über nichts nach. Er ließ sich nur sanft in eine etwas schmerzliche Träumerei gleiten. Er verdoppelte sich. Er kehrte nach Enghien zurück und irrte dort durch die leeren Zimmer. *Wenn jetzt jemand dort wäre, würde er wahrscheinlich eine unbestimmte Silhouette durch die Räume gleiten sehen, die aussieht wie ich ...*

Kennt man denn alle Geheimnisse der Telepathie? Germain behauptete, sie gesehen zu haben. Doch alle, die Erscheinungen erblickt haben, glaubten zuerst, lebendige, ganz reale Wesen vor sich zu haben. Die tote Mireille hatte, um sich ihrem Bruder zu zeigen, just den Augenblick gewählt, in dem er im Halbschlaf lag und noch nicht fähig war, kritisch zu betrachten, was er zu sehen meinte. Ein klassischer Fall! Ravinel hatte über eine Menge anderer, ganz ähnlicher Fälle in einer Zeitschrift für Metaphysik gelesen, auf die er früher, vor seiner Ehe, abonniert gewesen war. Übrigens bewies auch die Ausreißerei, daß Mireille medial veranlagt war. Sie mußte wohl für jede Art von Suggestion empfänglich sein. Auch jetzt noch! Vielleicht brauchte man bloß mit großer Intensität und viel Liebe an sie zu denken, um sie dazu zu bringen, sich zu materialisieren.

«Was hat sie denn eigentlich gesagt?» fragte Ravinel.

Germain war gerade bei seinen ewigen Reibereien mit dem Sanitätspersonal des Lagers angelangt und unterbrach sich ein bißchen verärgert. «Was sie gesagt hat? . . . So genau weiß ich das nun wirklich nicht mehr. Außerdem hab ich hauptsächlich geredet, weil sie doch nach dem Röntgenbefund gefragt hatte.»

«Ist sie lange geblieben?»

«Nein. Nur ein paar Minuten.»

«Sie hätte auch auf mich warten können», brummte Marthe.

O nein, teure Schwägerin . . . Wenn Marthe zu Hause gewesen wäre, hätte Mireille sich nicht gezeigt. Es gibt eine Logik des Übernatürlichen.

«Du hast nicht zufällig vom Fenster aus gesehen, in welche Richtung sie gegangen ist?»

«Nee, wahrhaftig nicht! Warum hätte ich ihr denn auch nachschauen sollen?»

Schade! Wenn Germain am Fenster gewartet hätte, würde er sich zweifellos darüber gewundert haben, daß seine Schwester das Haus überhaupt nicht verlassen hatte . . . Auf alle Fälle hätte er sie nicht sehen können. Es wäre ein schöner Beweis gewesen.

«Nun mach dir mal bloß keine Kopfschmerzen, alter Junge!» sagte Germain. «Soll ich dir einen Rat geben? . . . Fahr wieder nach Hause! Vielleicht ist sie schon wieder daheim und wartet auf dich. Und wenn sie Kummer hat – na, du wirst ja wissen, wie man eine junge Frau am besten tröstet, nicht wahr?» Er machte den Versuch, fettig zu lachen, mußte husten, und Marthe sah ihn streng an.

«War sie nicht vielleicht auch ein bißchen somnambul? Als Kind, meine ich?»

Germain verfinsterte sich. «Sie nicht . . . aber ich manchmal. Ich bin zwar nicht bei Mondschein über die Dächer gelaufen – nein, das denn doch nicht. Aber ich sprach im Schlaf, ich schlug um mich . . . Manchmal bin ich aufgestanden und erst im Korridor oder in einem anderen Zimmer aufgewacht. Ich wußte dann gar nicht, wo ich war. Man mußte mich wieder zu Bett bringen und mir die Hände halten. Ich wagte nicht, wieder einzuschlafen.»

«Also man könnte meinen, das macht dir Spaß!» bemerkte Marthe mit ihrer spitzesten Stimme.

«Und jetzt hast du keine solchen Anfälle mehr?» bohrte Ravinel weiter.

«Beruf's nicht ... So, und jetzt trinken wir einen, ja? Weißt du, zum Essen einladen – das will ich dir nicht antun, wegen meiner Diät. Aber ein Gläschen ...»

«Er muß nach Hause», schnitt ihm Marthe das Wort ab. «Er kann die Kleine jetzt nicht allein lassen.»

Germain war schon im Begriff, eine Karaffe und winzige Gläser mit silbernem Fuß aus dem Büfett zu holen.

«Du weißt doch, was der Doktor gesagt hat», bemerkte Marthe.

«Ach, nur ein Tröpfchen!»

Ravinel raffte seinen ganzen Mut zusammen. «Und wenn Mireille heute abend nicht nach Hause kommt?» fragte er. «Was soll ich dann tun?»

«Ich würde abwarten. Meinst du nicht, Marthe? – Schließlich bist du nicht verpflichtet, gleich morgen wieder auf Tour zu gehen. Dein Glück kann womöglich davon abhängen, verstehst du. Wenn sie zurückkommt und das Haus leer findet ... Versetz dich an ihre Stelle ... Nein, du solltest acht Tage Urlaub nehmen. Damit du Zeit hast, diskret Auskünfte einzuholen. Wenn sie wirklich einen von diesen Anfällen hat, dann hält sie sich gewiß in Paris versteckt. Wenn sie früher ausgerissen ist, dann wollte sie immer nach Paris. Paris hatte eine Anziehungskraft auf sie, das war ganz unglaublich!»

Ravinel hatte inzwischen völlig den Boden unter den Füßen verloren; er wußte schließlich nicht mehr, ob seine Frau tot oder lebendig war. Sie stießen an.

«Auf dein Wohl, Germain!»

«Aufs Wohl von Mireille!»

«Auf daß sie bald zurückkommt!» sagte Marthe.

Ravinel kippte den Schnaps in einem Zug hinunter und fuhr sich mit der Hand über die Augen. Nein, er träumte nicht. Der Schnaps wärmte. Die Uhr schlug elf. Er befand sich noch immer diesseits der Grenze. Er wußte, was er mit seinen eigenen Augen gesehen, mit eigenen Fingern berührt hatte ... Die Feuerböcke zum Beispiel. Feuerböcke, nein, die lassen sich nicht so leicht widerlegen; Feuerböcke, die mehrere Kilogramm wiegen ...

«... und grüß sie schön.»

Wie ...? Marthe begleitete ihn nach draußen. Er war aufgestanden, ohne es zu merken.

«Ja, auch von mir», rief Germain von der Küche aus.

«Ja, ja ...»

Er hatte Lust, ihnen zuzuschreien: *Sie ist tot; tot ist sie! Ich weiß es genau, denn ich habe sie ermordet!* Aber er beherrschte sich. Das wäre ein gefundenes Fressen für Marthe gewesen ... «Wiedersehn, Marthe ... Nein, bleib doch – ich finde den Weg schon ...»

Über das Treppengeländer gebeugt, rief sie hinter ihm her: «Wenn du Nachricht hast, laß es uns wissen, Fernand!»

Ravinel tritt ins erstbeste Bistro und trinkt einen Cognac. Dann noch einen. Es ist schon spät. Egal. Mit einem Taxi wird er immer noch rechtzeitig kommen. Worauf es jetzt ankommt, was vor allem wesentlich ist: sich klarzuwerden, woran man ist. *Sehen wir mal zu: ich, Ravinel, stehe jetzt an einer Bar. Ich habe meine Sinne beieinander. Ganz kaltblütig stelle ich meine Überlegungen an. Ich habe keine Angst mehr. Gestern abend, ja, da hatte ich Angst. Ich war die Beute einer Art von Delirium. Doch das ist vorbei. Gut! Betrachten wir die Tatsachen in möglichst großer Ruhe ... Mireille ist tot. Ich bin dessen ganz sicher, weil ich sicher bin, Ravinel zu sein, weil es in meiner Erinnerung keine einzige Lücke gibt, weil ich den Leichnam berührt habe, weil ich in diesem Augenblick einen Cognac trinke und weil das alles Realität ist ... Mireille lebt. Dessen bin ich genauso sicher, weil sie mir eigenhändig einen Rohrpostbrief geschrieben hat. Der Briefträger hat ihn eingeworfen. Und Germain hat sie gesehen. Es gibt nicht den geringsten Grund, an seinem Wort zu zweifeln. Der Haken ist nur, daß sie nicht gut gleichzeitig lebendig und tot sein kann ... Sie muß also halb tot und halb lebendig sein. Ein Zwischending. Ein Gespenst. Ich will mich nicht in Sicherheit wiegen – das ist es nicht. Es ist einfach logisch. Mireille erscheint ihrem Bruder. Sie wird vielleicht bald auch mir erscheinen. Ich akzeptiere die Tatsachen, denn ich weiß, daß so etwas möglich ist! Doch Lucienne wird sie nicht akzeptieren. Wegen ihrer akademischen Bildung. Wegen der Art, wie sie denkt. Was soll ich ihr also sagen?*

Er trinkt einen dritten Cognac, weil ihm tief drinnen kalt ist. Wenn Lucienne nicht wäre ...

Er zahlt und sucht einen Taxihalteplatz. Er darf Lucienne nicht verfehlen.

«Nach Montparnasse, aber rasch.»

Er läßt sich in die Polster fallen und sackt in sich zusammen. Schon fragt er sich, ob seine Überlegungen nicht absurd, nicht Ausgeburten seines überanstrengten Gehirns sind. Und langsam kommt ihm die Überzeugung, daß seine Lage ausweglos ist. Die Polizei ... Er ist ein gehetztes Wild. Und er ist müde. Gestern wollte er Mireille wiedersehen. Gestern fühlte er, daß es möglich sein müßte. Jetzt fürchtet er sich vor ihr. Er ahnt, daß sie ihn quälen wird. Wie hätte sie denn vergessen können? Warum sollten Tote sich nicht erinnern . . .? Diese bohrenden Gedanken, die man nicht los wird, die einen verfolgen. Zum Glück hält der Wagen. Ravinel wartet nicht auf das Wechselgeld. Er stürzt davon. Er rempelt Leute an, sieht weit hinten die Bahnsteige. Eine elektrische Lokomotive fährt langsam ein, hält vor dem Prellbock, und eine Woge von Reisenden quillt aus dem Zug, ergießt sich über den Bahnsteig. Ravinel tritt zu dem Kontrolleur.

«Ist das der Zug aus Nantes?»

«Ja.»

Seltsame Unruhe packt ihn. Er stellt sich auf die Zehenspitzen, reckt den Hals, entdeckt schließlich die strenge Gestalt in dem dunklen Kostüm und der Baskenmütze. Sie wirkt sehr ruhig und gelassen.

«Lucienne!»

Sie schütteln sich nur die Hände; man kann nie wissen.

«Du machst ein Gesicht, daß es einem Angst werden kann, mein armer Fernand.»

Er lächelt traurig. «Weil ich Angst habe», sagt er.

Achtes Kapitel

Sie preßten sich gegen das Geländer der Métro, um nicht vom Gedränge mitgerissen zu werden.

«Ich hatte keine Zeit, ein Zimmer zu bestellen», entschuldigte sich Ravinel. «Aber es wird nicht schwierig sein . . .»

«Ein Zimmer! Ich muß unbedingt um sechs Uhr zurückfahren. Ich hab doch Nachtdienst!»

«Ja, aber . . . Du wirst mich doch nicht . . .»

«Was werde ich dich nicht? Im Stich lassen? . . . Das hast du doch sagen wollen. Du glaubst, du seist in Gefahr, und . . . Sag mal, gibt's hier nicht irgendwo ein ruhiges Café, wo wir ungestört reden können? Denn ich bin vor allem gekommen, um mit dir zu reden, verstehst du? Um zu sehen, ob du nicht krank bist.»

Sie zog den Handschuh aus und nahm Ravinels Handgelenk; dann betastete sie, ohne sich um die Vorüberkommenden zu kümmern, sein Gesicht und kniff ihn in die Wange.

«Du hast ja abgenommen! Deine Haut ist gelb und schlaff, und deine Augen sind trüb.»

Das war ihre Stärke. Lucienne kümmerte sich niemals um die Meinung der Leute; es war ihr völlig gleichgültig, was man von ihr denken könnte. Mitten unter den Zeitungsverkäufern, die um sie herum schrien, war sie fähig, seinen Puls zu zählen, seine Zunge zu untersuchen oder seinen Hals nach einer Drüsenschwellung abzutasten. Und schon fühlte Ravinel sich auch in Sicherheit. Lucienne war da . . . Wie sollte man sagen? Sie war das genaue Gegenteil von allem, was weichlich ist und verschwommen. Sie war entschieden, ein wenig scharf, fast aggressiv. Sie sprach klar, bestimmt und ohne zu zögern. Manchmal beneidete er sie um diese Eigenschaft. Und manchmal haßte er sie aus dem gleichen Grund. Sie erinnerte ihn an ein chirurgisches Instrument: kalt, glatt, vernickelt, steril . . . Heute freilich würde auch sie einige Mühe haben, alles zu erklären.

«Gehen wir die rue de Rennes hinunter», sagte er. «Wir finden sicher ein leeres Bistro.»

Sie überquerten den Platz. Sie faßte ihn am Arm; sie führte ihn.

«Am Telefon habe ich kein Wort verstanden – beide Male nicht. Erstens hört man so schlecht. Und zweitens sprichst du zu schnell. Fangen wir mal von vorn an: Als du gestern morgen nach Hause kamst, war Mireilles Leiche verschwunden. Stimmt das?»

«Genau.»

Er beobachtete sie aus dem Augenwinkel und fragte sich, wie sie das Problem lösen würde – sie, die ständig zu sagen pflegte: *Mit einem bißchen gesunden Menschenverstand* . . . Sie gingen nebeneinander, ohne rechts oder links zu sehen, ohne Blick für die Straße, nach der Kreuzung von Saint-Germain zu. Ravinel entspannte sich. Sollte sie nun ein bißchen die Last auf die Schultern nehmen.

«Es gibt nicht viele Möglichkeiten einer Erklärung», meinte sie. «Hat vielleicht die Strömung die Leiche mitgenommen?»

Er lächelte. «Ausgeschlossen! Erstens gibt es da fast gar keine Strömung – das weißt du doch so gut wie ich. Und selbst wenn, dann hätte sie unbedingt am Wehr hängenbleiben müssen. Ich hätte sie auf den ersten Blick bemerkt. Du kannst dir doch denken, daß ich überall gesucht habe, ehe ich dich anrief.»

«Das hab ich mir auch gesagt . . .» Sie zog die Brauen zusammen, und er spürte trotz seiner nur schlecht verdrängten Unruhe eine gewisse Befriedigung, sie in Verlegenheit zu sehen wie einen Examenskandidaten bei einer unerwarteten Frage.

«Vielleicht hat jemand die Leiche gestohlen, um dich zu erpressen?» meinte sie ohne viel Überzeugung.

«Unmöglich . . .» Er ließ das Wort mit ein klein wenig Herablassung fallen, um Lucienne zu demütigen. «Unmöglich», wiederholte er. «Diese Theorie habe ich auch zuerst gehabt. Sie ist unhaltbar . . . Ich habe sogar die Tochter des Briefträgers ausgefragt, ein kleines Mädchen, das jeden Morgen ihre Ziege auf die Wiese gegenüber dem Waschhaus bringt.»

«Das hast du getan? War das nicht unvorsichtig? Wenn sie nun Verdacht schöpft?»

«Ich bin natürlich vorsichtig gewesen. Außerdem ist das Kind schwachsinnig ... Kurz und gut, diese Hypothese hält nicht stand. Warum sollte einer die Leiche stehlen? Um mich zu erpressen? Viel zu riskant! Stell dir doch mal vor – eine Leiche ... Wo soll der Dieb denn hin damit? Und dann ... Schau, da ist ein kleines Café. Genau, was wir suchen.»

Zwei Lorbeerbäume im Topf, eine winzige Bar, drei eng um den Ofen gruppierte Tischchen. Der Besitzer las eine Sportzeitung.

«Nein, wir servieren kein Essen ... Aber wenn Sie ein paar Sandwiches wollen ... Gut! Und zwei Helle!»

Der Mann verschwand im Hinterzimmer; man ahnte, daß es winzig sein mußte. Ravinel rückte einen Tisch vor, damit Lucienne sich setzen konnte. Vor dem Café hielten die Autobusse unter Bremsenkreischen an, luden zwei oder drei Fahrgäste ab und fuhren weiter. Ihre massige Form warf eilende Schatten. Lucienne hatte ihre Mütze abgenommen und stützte die Ellbogen auf das Tischchen.

«Und dann: Was ist das für eine Geschichte mit dem Rohrpostbrief?» Sie streckte die Hand danach aus.

Er schüttelte den Kopf. «Ich hab ihn nicht mit. Er liegt zu Hause; ich bin nicht mehr dort gewesen. Aber ich weiß den Inhalt auswendig: ‹Ich muß für zwei oder drei Tage fort. Aber mach Dir keine Sorgen, es ist nichts Ernstliches ...› Von wegen! ‹... Im Speiseschrank im Keller findest Du zu essen. Mach erst das angebrochene Marmeladeglas leer ...›»

«Wie bitte?»

«Ich weiß, was ich sage: ‹Mach erst das angebrochene Marmeladeglas leer, ehe Du ein neues öffnest, und denk daran, den Gashahn richtig zu schließen, wenn Du den Herd nicht mehr brauchst. Das vergißt Du immer. Auf bald. Ich küsse Dich ...›»

Lucienne sah ihren Geliebten scharf an. Nachdem sie einen Augenblick geschwiegen hatte, forschte sie: «Und es steht außer Zweifel, daß es ihre Handschrift ist?»

«Völlig außer Zweifel.»

«Eine Handschrift läßt sich nachahmen.»

«Weiß ich. Aber es ist nicht nur die Handschrift, es ist auch der Stil. Ich bin ganz sicher; dieser Brief ist von Mireille geschrieben.»

«Und der Poststempel? Ist er wirklich echt?»

Ravinel zuckte mit den Achseln. «Als nächstes wirst du wissen wollen, ob auch der Briefträger echt war.»

«Dann gibt es nur eine einzige Erklärung: Mireille hat dir geschrieben, ehe sie nach Nantes fuhr.»

«Du vergißt das Datum des Stempels. Der Brief ist am gleichen Tag in Paris aufgegeben worden. Wer soll ihn zur Post gebracht haben?»

Der Wirt kam mit den Sandwiches, dann brachte er zwei Helle und vertiefte sich sofort wieder in die Lektüre seiner Zeitung.

Ravinel dämpfte die Stimme. «Und außerdem, wenn Mireille die geringste Befürchtung gehabt hätte, hätte sie uns angezeigt. Sie hätte sich nicht darauf beschränkt, mir mitzuteilen, daß da noch ein angebrochenes Glas Marmelade rumsteht.»

«Vor allem wäre sie nicht nach Nantes gekommen», bemerkte Lucienne. «Nein, allem Anschein nach kann der Brief nicht ... eh ... nicht vorher geschrieben worden sein.»

Sie biß in ein Sandwich. Ravinel trank sein Bier in einem Zug zur Hälfte aus. Erst jetzt begriff er in vollem Umfang, wie absurd ihre Lage war. Und er spürte, wie Lucienne allmählich den Boden unter den Füßen verlor. Sie legte das Brot zurück und schob den Teller weg.

«Ich habe keinen Hunger. Das ist alles dermaßen ... unerwartet, was du mir da alles erzählst ... Denn schließlich und endlich: wenn der Brief nicht vorher geschrieben worden sein kann, so kann er erst recht nicht hinterher geschrieben worden sein. Und er enthält keinerlei Drohung – es ist, als ob Mireille das Gedächtnis verloren hätte.»

«Siehst du!» flüsterte Ravinel. «es geht dir also auf!»

«Was geht mir auf?»

«Ich weiß, was ich weiß. Sprich weiter.»

«Ja, also ... Ich begreife es nicht.»

Lang und tief blickten sie sich an. Schließlich wandte sie den Kopf ab und warf fast geniert hin: «Höchstens ... Eine Doppelgängerin vielleicht ...»

Diesmal gab sie sich geschlagen. Eine Doppelgängerin! Sie hätten also eine Doppelgängerin ertränkt!

«Nein», fuhr sie fort. «Das ist ja lächerlich. Selbst angenommen, irgendeine Frau könnte Mireille aufs Haar gleichen, so hättest du dich doch nicht täuschen können; du hast ja noch mit ihr gesprochen ... Und ich hätte es auch gemerkt, als ich sie nachher tot gesehen habe. Vor allem: wie hätte eine Doppelgängerin, gesetzt den Fall, es gäbe sie, in die Geschichte hineingeraten sollen?»

Er ließ ihr noch ein wenig Zeit zum Nachdenken. Draußen hielten die Autobusse und fuhren wieder weiter. Man sah, wie die Fahrgäste auf der Plattform beim Halten und Anfahren durcheinandergeschüttelt wurden. Ab und zu trat jemand ein, bestellte ein Glas, warf einen Blick zu den beiden Menschen, die nichts aßen und nichts tranken und einander gegenübersaßen wie Schachspieler, die in eine spannende Partie versunken sind.

«Ich hab dir noch nicht alles gesagt», fing Ravinel plötzlich wieder an. «Mireille hat heute morgen ihren Bruder besucht.»

Lucienne sah auf. Verblüffung stand in ihrem Blick, verwandelte sich in Unsicherheit und schließlich in Furcht. Die stolze Lucienne! *Na? Wo bleibt jetzt der gesunde Menschenverstand?*

«Sie war bei ihm in der Wohnung, sie hat ihn geküßt. Sie haben eine Weile geplaudert.»

«Natürlich könnte die Doppelgängerin auch die andere sein, die zweite», sagte Lucienne nachdenklich. «Aber Germain hätte doch sicher etwas bemerkt, wenn . . . Nein! Das ist sehr unwahrscheinlich. Doppelgänger kommen nur in Romanen vor.»

«Es gäbe da eine Lösung», sagte Ravinel: «Katalepsie. Mireille hätte zwar alle Anzeichen des Todes aufgewiesen, aber sie wäre eben noch nicht tot gewesen.» Und da sie nicht zu begreifen schien, fuhr er fort: «So was gibt es. Es gibt sogar Menschen, die allein durch Willenskraft . . . Indische Fakire und so. Ich hab da mal was gelesen . . .»

«Katalepsie! Nachdem sie achtundvierzig Stunden im Wasser gelegen hat?»

Er merkte, daß sie zornig wurde und machte ihr ein Zeichen, leise zu sprechen.

«Hör mal», sagte Lucienne, «wenn es sich um einen Fall von Katalepsie handelte, dann würde ich sofort meinen Arztberuf aufgeben, verstehst du? Denn dann wäre die Medizin keine Wissenschaft mehr, weil . . .» Sie schien im Innersten getroffen zu sein. Ihr Mund zitterte. «Schließlich verstehen wir es doch, den Eintritt des Todes festzustellen. Soll ich dir Beweise dafür geben? Soll ich dir erklären, wie ich bei Mireille festgestellt habe, daß sie nicht mehr . . . Oder meinst du vielleicht, wir stellen einen Totenschein nur einfach so auf Verdacht aus?»

«Ich bitte dich, Lucienne!»

Sie war stolz auf ihren Beruf, auf ihre Kenntnisse, auf ihre Stellung. Das war das Podest, von dem herab sie ihn beherrschte. Immer hatte sie seine Bewunderung nötig gehabt. Und da erlaubte er sich auf einmal . . . Sie beobachtete ihn und wartete auf ein Wort, eine Geste der Entschuldigung.

«Das ist völlig indiskutabel», fuhr sie schließlich mit ihrer Klinikstimme fort. «Mireille ist tot. Erkläre dir alles übrige, wie du willst.»

«Mireille ist tot. Und trotzdem ist Mireille lebendig.»

«Ich meine das ganz ernsthaft.»

«Ich auch. Ich glaube, daß Mireille . . .» Sollte er es Lucienne eingestehen? Er hatte ihr niemals seine geheimsten Gedanken verraten, aber er war sicher, daß sie sehr viel von ihm wußte – auf eine reichlich theoretische, nach Bücherweisheit schmeckende Art zwar, aber sie kannte ihn gut. Er entschloß sich. «Mireille ist ein Gespenst», hauchte er.

«Was?»

«Ich sage dir, sie ist ein Gespenst. Sie erscheint, wo sie will, wann sie will . . . Sie materialisiert sich.»

Lucienne griff wieder nach seinem Handgelenk, und er wurde rot.

«So etwas würde ich keinem anderen Menschen sagen; ich vertraue dir da meine geheimsten Gedanken an . . . Mir kommt es glaubhaft vor.»

«Ich muß dich doch mal genau untersuchen», murmelte Lucienne. «Ich glaube, du hast einen Komplex. Hast du mir nicht einmal erzählt, daß dein Vater . . .» Ihr Gesicht wurde plötzlich hart, und ihre Finger preßten Ravinels Handgelenk, daß es ihm weh tat. «Fernand, schau mich an . . . Du spielst mir doch keine Komödie vor?»

Sie lachte nervös, kreuzte die Arme und beugte sich vor. Von der Straße her mußte es so aussehen, als böte sie ihm die Lippen zum Kuß.

«Versuch nicht, mich für dumm zu verkaufen. Mireille ist tot. Ich weiß es. Und jetzt erzählst du mir erst, die Leiche sei gestohlen worden, und dann soll sie von den Toten auferstanden sein und in Paris herumlaufen? Und ich, weil ich . . . ja, zum Donnerwetter, weil ich dich liebe – ich wäre fast darauf reingefallen!»

«Sprich leiser, Lucienne, ich bitte dich.»

«Aber allmählich komme ich dahinter! Du kannst mir ja viel erzählen; ich war ja nicht dabei . . . Aber alles hat schließlich seine Grenzen, Fernand. Und jetzt – Hand aufs Herz: Was bezweckst du eigentlich damit?»

Noch nie hatte er sie so außer Fassung gesehen. Sie stotterte beinahe vor Wut, und um ihre Nasenflügel bildete sich ein weißer Fleck.

«Lucienne, ich schwöre dir, daß ich die Wahrheit gesagt habe!»

«Ach nee . . . Komm, gib's auf! Ich hab ja Sinn für Humor; aber du kannst mir nicht einreden, daß ein Kreis viereckig ist, oder eine Tote lebendig . . . daß das Unmögliche möglich ist.»

Der Wirt las völlig unbeteiligt seine Zeitung. Er hatte schon so viele Pärchen gesehen und so viele verrückte Gespräche mit angehört! Doch Ravinel empfand die reglose Gestalt hinter seinem Rücken als störend und beunruhigend; er winkte mit einem Geldschein.

«Ja, bitte, der Herr?»

Man mußte sich entschuldigen, die Sandwiches kaum berührt zu haben. Lucienne puderte sich, wobei sie ihr Gesicht hinter der Handtasche versteckte. Sie stand als erste auf und ging hinaus, ohne darauf zu achten, ob er ihr folgte.

«Hör doch, Lucienne . . . Ich schwöre dir, daß es die Wahrheit ist.»

Sie hatte im Gehen den Kopf nach den Schaufenstern gewendet, und er wagte wegen der Passanten nicht, laut zu sprechen.

«So hör doch, Lucienne!»

Zu dumm war diese Szene; und er hätte sie voraussehen sollen! Die Zeit verstrich. Bald schon würde sie zum Zug müssen, und er würde wieder allein sein mit seiner Furcht, allen Gefahren ausgeliefert ... Verzweifelt faßte er sie am Arm. «Lucienne ... Du weißt doch ganz genau, daß ich gar kein Interesse daran habe ...»

«So? Und die Versicherung?»

«Was willst du damit sagen?»

«Das ist doch sehr einfach! Ohne Leiche keine Auszahlung. Du wirst mir also weismachen, daß es mit der Versicherung nicht geklappt hat, daß du keinen Pfennig erhalten hast.»

Ein Mann starrte die beiden aufdringlich an. Vielleicht hatte er die Sätze aufgeschnappt? Ravinel ließ den Blick ängstlich in die Runde schweifen. Diese Diskussion auf der Straße war schlimmer als alles andere.

«Lucienne ... Lucienne, ich bitte dich! Du hast ja keine Ahnung, was ich schon durchgemacht habe ... Komm, wir setzen uns dort in der Anlage auf eine Bank.»

Die Bänke waren naß. Trüb fiel das Licht durch die nackten Zweige. *Ohne Leiche keine Auszahlung* ... Nicht einen Augenblick lang hatte Ravinel diesen Aspekt des Problems ins Auge gefaßt. Er ließ sich am äußersten Ende einer Bank nieder. *Am Ende, ja. Wir sind am Ende* ... Lucienne blieb neben ihm stehen und schob mit der Schuhspitze welke Blätter zur Seite. Die Trillerpfeifen der Verkehrspolizisten. Verkehrsgeräusch. Undeutlich das Brummen der Orgel, das durch die gepolsterte Tür der Kirche drang, die am Rand des kleinen Parks lag. Das Leben der anderen! Ach, nicht mehr Ravinel sein!

«Du läßt mich fallen, Lucienne?»

«Pardon – ich glaube, du bist es, der ...»

Er breitete einen Zipfel seines Mantels auf der Bank aus. «Setz dich zu mir ... Es hat doch keinen Sinn, wenn wir uns streiten, Lucienne.»

Sie setzte sich neben ihn. Passanten musterten sie mißtrauisch. Nein, die beiden da waren kein Liebespaar wie die anderen.

«Für mich war es nie eine Geldfrage, und das weißt du ganz genau», sagte er müde. «Und außerdem, denk doch mal nach ... Angenommen, ich wollte dich anlügen. Könnte ich denn ernsthaft hoffen, daß du nie hinter die Wahrheit kämst? Du brauchtest ja bloß nach Enghien zu kommen und dich umzusehen, dann wärst du sofort im Bild ...»

Sie zuckte wütend mit den Schultern. «Schön – lassen wir die Versicherung beiseite. Und wenn du Angst gehabt hättest, bis zum Ende zu gehen? Wenn du versagt hättest? Wenn du Mireille einfach heimlich irgendwo vergraben hättest?»

«Das wäre doch noch viel gefährlicher für mich. Dann könnte es sich gar nicht mehr um einen Unfall gehandelt haben, und der Verdacht müßte sofort auf mich fallen ... Und warum hätte ich den Rohrpostbrief erfinden sollen? Oder den Besuch bei Germain?»

Die Dämmerung brach herein. Hier und da leuchtete ein Schaufenster auf, und draußen auf der Straße glitten die roten Rücklichter der Autos vorbei. Aber der Himmel war noch hell. Es war die zwittrige Stunde, vor der er sich immer gefürchtet hatte; schon als Kind, wenn seine Mutter beim langsam dunkler werdenden Fenster strickte und er nicht mehr weiterspielen konnte, weil es im Zimmer zu dunkel wurde ... *Die Mutter ist nur noch eine schwarze Silhouette, deren Schattenhände mit schmalen, spitzen Messern hantieren* ... Er begriff plötzlich, daß es keine Flucht mehr gab. Es war aus mit Antibes!

«Du siehst das alles ganz falsch», murmelte er. «Wenn die Versicherung nicht zahlt, werde ich niemals die Kraft haben, um ... um ...»

«Du denkst immer nur an dich!» sagte sie. «Wenn du wenigstens noch etwas unternehmen wolltest! Aber nein. Du flüchtest dich in irgendwelche Hirngespinste. Ich will allenfalls glauben, daß die Leiche verschwunden ist. Was hast du aber getan, um sie wiederzufinden? Eine Leiche läuft doch nicht ganz von allein davon!»

«Mireille ist schon immer eine Ausreißerin gewesen.»

«Eine Ausreiß ... Sag mal, du machst dich wohl über mich lustig?»

Na ja, er wußte ja selbst, wie absurd seine Bemerkung war. Und dennoch fühlte er, daß die Sache mit dem Ausreißen von Wichtigkeit war und irgendwie mit dem Verschwinden des Leichnams in Beziehung stand. Er erzählte ihr, was Germain berichtet hatte, und Lucienne zuckte abermals die Achseln.

«Mag sein. Mireille ist, solange sie lebte, eine Ausreißerin gewesen. Du vergißt jedoch immer, daß sie tot ist. Sehen wir mal von dem Brief und von dem Besuch bei ihrem Bruder ab ...»

Der Ausdruck ‹Sehen wir mal ab!› war echt Lucienne! Das war leicht gesagt!

«... Worauf es ankommt, ist die Leiche. Notgedrungen muß sie doch irgendwo sein.»

«Germain ist nicht verrückt.»

«Das kann ich nicht beurteilen. Und ich will es auch gar nicht wissen. Ich gründe meine Überlegungen auf Tatsachen. Mireille ist tot. Ihr Leichnam ist verschwunden. Alles andere ist bedeutungslos. Also muß der Leichnam gesucht und wiedergefunden werden. Wenn du ihn nicht suchst, beweist das nur, daß dich unsere Pläne nicht interessieren. In diesem Fall ...»

Der Tonfall besagte deutlich, daß Lucienne diese Pläne dann eben allein weiterverfolgen und allein in den Süden reisen würde. Ein Priester kam vorüber; in seinem langen schwarzen Überrock sah er aus wie ein

Verschwörer und verschwand lautlos durch ein Pförtchen.

«Wenn ich das gewußt hätte, hätte ich meine Pläne anders eingerichtet.»

«Also gut; ich werde weitersuchen.»

Sie stampfte mit dem Fuß auf. «Aber gründlich, ja? Mit Halbheiten kommen wir nicht weiter, Fernand. Du scheinst nicht zu begreifen, daß uns dieses Verschwinden der Leiche gefährlich werden kann. Früher oder später mußt du dich dazu aufraffen, die Polizei zu benachrichtigen.»

«Die Polizei», wiederholte er aufgeschreckt.

«Herrgott, deine Frau gibt kein Lebenszeichen mehr ...»

«Aber der Brief?»

«Der Brief! ... Ja, schlimmstenfalls kann er dir zum Vorwand dienen, noch etwas abzuwarten ... Ebenso die Geschichte mit dieser Neigung zum Ausreißen. Aber am Ende wird das Resultat immer dasselbe sein. Es ist nur eine Frage der Zeit. Du kommst nicht drum herum.»

«Die Polizei ...»

«Jawohl, die Polizei ... Das ist unvermeidlich. Darum darfst du keine Zeit vergeuden, Fernand – glaub mir doch! Du mußt ernstlich suchen ... Ach, wenn ich nicht so weit weg wohnte – *ich* würde sie finden, darauf kannst du dich verlassen!»

Sie stand auf, zupfte ihren Mantel zurecht und nahm ihre Handtasche. «Es wird Zeit; ich will noch einen Sitzplatz bekommen.»

Ravinel erhob sich schwerfällig. Also denn! Auf Lucienne konnte er nicht mehr zählen. War sie nicht bereits bei der Panne drauf und dran gewesen, ihn im Stich zu lassen? ... Eigentlich war das ganz in der Ordnung. Sie waren immer nur zwei Fremde gewesen, die sich zusammengetan hatten. Zwei Komplicen.

«Du hältst mich selbstverständlich auf dem laufenden.»

«Natürlich», seufzte Ravinel.

Sie hatten nur über Mireille gesprochen, und das Thema schien erschöpft; sie hatten sich nichts mehr zu sagen. Schweigend gingen sie die rue de Rennes hinauf. Es war, als seien sie schon weit voneinander getrennt. Sie würde sich immer aus der Affäre ziehen! Um das zu begreifen, brauchte man sie bloß anzusehen. Falls die Polizei zu neugierig würde, wäre er allein es, der die Suppe auszulöffeln hätte; das war ihm klar. Er war es gewohnt. Es war schon immer alles an ihm hängengeblieben.

«Ich möchte aber, daß du auch auf dich ein bißchen achtgibst», sagte Lucienne.

«Ach, weißt du ...»

«Im Ernst, Fernand.»

Sie meinte es immer ernst. Wann hatte er sie einmal entspannt, lächelnd, vertrauensvoll gesehen? Sie lebte langfristig, auf Wochen, auf Monate voraus. Die Zukunft war ihre Zuflucht, wie es für ihn und für die meisten Menschen die Vergangenheit war. Was erwartete sie von der Zukunft? Aus einer Art abergläubischer Furcht hatte er ihr nie diese Frage gestellt. Er war nicht sehr sicher, ob er in dieser Zukunft einen Platz einnehmen würde.

«Was du mir vorhin gesagt hast, beunruhigt mich.»

Er verstand, worauf sie anspielte, und dämpfte die Stimme. «Aber es würde alles erklären.»

Sie nahm seinen Arm und preßte sich ein bißchen an ihn.

«Du hast geglaubt, den Brief zu sehen, nicht wahr? Aber ja doch, Liebling, ich fange an zu begreifen, was mit dir los ist. Es war unrecht von mir, ärgerlich zu werden. Man sollte stets als Arzt urteilen, siehst du . . . Es gibt keine Lügner. Es gibt nur Kranke. Im ersten Augenblick hab ich gedacht, du wolltest mich reinlegen. Ich hätte daran denken sollen, daß die Fahrt in der vorvergangenen Nacht deine Widerstandskraft erschöpft hat . . . und alles, was ihr vorausgegangen ist.»

«Aber da doch auch Germain . . .»

«Laß Germain beiseite. Sein Zeugnis ist so unzuverlässig wie nur irgend etwas; das würdest du selbst zugeben, wenn du klar denken könntest. Ich werde dich mal zu Brichet schicken müssen; er soll dich mal psychoanalysieren.»

«Und wenn ich . . . Wenn ich ihm alles erzähle?»

Lucienne hob mit einem lebhaften Ruck den Kopf, so daß ihr Kinn vorstand. Sie bot Brichet und allen Beichtvätern Trotz; sie trotzte dem Guten wie dem Bösen. «Wenn du vor Brichet Angst hast, wirst du vielleicht vor mir keine haben. Ich werde dich selbst untersuchen. Und ich verspreche dir, daß du keine Gespenster mehr sehen wirst. Inzwischen werde ich dir ein Rezept schreiben.»

Sie hielt unter einer Straßenlaterne an, zog einen Block aus der Handtasche und begann etwas zu kritzeln. Unklar spürte Ravinel, daß irgend etwas an dieser Szene schrill und falsch war. Lucienne versuchte, ihn zu beruhigen. Aber sicher hatte sie schon beschlossen, nicht mehr wiederzukommen. Er würde hoffnungslos verloren sein wie ein Soldat, den man im Niemandsland allein zurückläßt, mit der Versicherung, daß die Ablösung unterwegs sei.

«Da! . . . Es ist ein Beruhigungsmittel. Versuch zu schlafen, Fernand. Seit fünf Tagen lebst du auf Kosten deiner Nerven. Das ist gefährlich auf die Dauer.»

Sie kamen zum Bahnhof. Im Café Dupont brannte Licht. Die Zeitungsverkäufer, die Taxis, die Menschenmenge . . . Lucienne wurde ihm von Augenblick zu Augenblick fremder. Sie kaufte eine Handvoll Zeitschriften. Sie brachte es fertig, zu lesen!

«Soll ich mitfahren?»

«Fernand, bist du verrückt? Du mußt doch deine Rolle spielen!» Und dann tat sie den erstaunlichen Ausspruch: «Mireille ist doch schließlich deine Frau gewesen.»

Es klang, als ob sie nicht das geringste Schuldgefühl verspürte. Er hatte gewünscht, daß seine Frau verschwände. Sie hatte ihm mit ihrer Intelligenz, ihrer Initiative beigestanden und erwartete als Gegenleistung eine Beteiligung am Gewinn. Darüber hinaus ging ihre Verantwortlichkeit nicht. Seine Sache war es, sich aus der Patsche zu ziehen. Es schoß ihm durch den Kopf – und das war nicht weniger erstaunlich –, daß sie beide, Mireille und er, doch recht allein waren.

Er nahm eine Bahnsteigkarte und folgte Lucienne.

«Fährst du nach Enghien zurück?» fragte sie. «Es wäre das beste. Fang gleich morgen gründlich zu suchen an!»

«Gründlich, ja», wiederholte er mit schmerzlicher Ironie.

Sie gingen an einer Reihe leerer Waggons entlang und überquerten dann auf einer Brücke die Gleise, die sich wie eine lange, mit Leuchtsignalen versehene Avenue zum fernen Horizont schwangen und sich dort in einem niedrigen Himmel voller fahler Wolken aufzulösen schienen.

«Vergiß nicht, bei deiner Firma vorbeizugehen. Laß dir Urlaub geben. Sie werden dir keine Schwierigkeiten machen. Und dann lies auch Zeitungen. Vielleicht erfährst du irgend etwas.»

Vertröstungen. Leere Worte. Nur um das Schweigen auszufüllen, nur um zwischen ihnen beiden noch einen gebrechlichen Verbindungssteg zu legen, der in ein paar Minuten zusammenbrechen und in den Abgrund stürzen würde. Ravinel setzte seine Ehre darein, das Spiel bis zum Ende mitzuspielen. Er suchte ein Abteil, fand einen Eckplatz in einem neuen Waggon, der noch nach Lack roch. Und Lucienne legte Wert darauf, solange wie möglich auf dem Bahnsteig zu bleiben. Ein Schaffner mußte ihr einen Wink geben. Sie küßte Ravinel mit einer Heftigkeit, die ihn überraschte.

«Mut, Liebling! Ruf mich an!»

Der Zug fuhr langsam an. Luciennes Gesicht entfernte sich, war jetzt nur noch ein heller Fleck. Andere Gesichter an den Wagenfenstern glitten vorüber, immer mehr Gesichter, und alle starrten Ravinel an. Er zerrte an seinem Kragen. Es war ihm schlecht. Der Zug verschmolz mit einem fernen Gewirr bunter Signale. Ravinel drehte sich auf dem Absatz um und stellte sich dem Schicksal.

Neuntes Kapitel

Vor dem Einschlafen dachte Ravinel eine ganze Weile über Luciennes Worte nach: *Eine Leiche läuft doch nicht ganz von allein davon* . . . Am nächsten Morgen fiel ihm beim Aufwachen etwas ein, woran er bisher noch nicht gedacht hatte – etwas so Naheliegendes, daß er regungslos liegenblieb. Die Gedanken jagten sich hinter seiner Stirn. Mireilles Ausweispapiere waren in ihrer Handtasche, und die Handtasche war in Enghien in seinem Hause. Die Leiche konnte also nicht identifiziert werden. Wenn nun die Diebe sich ihrer kompromittierenden Beute entledigt hätten, wenn die Leiche irgendwo gefunden worden wäre . . . Herrgott! Und wohin schafft man anonyme Leichen? Ins Leichenschauhaus!

Ravinel machte nur flüchtig Toilette. Dann telefonierte er mit seiner Firma und bat um ein paar Tage Urlaub. Es machte keinerlei Schwierigkeiten. Darauf suchte er im Telefonbuch die Adresse der Morgue (wobei er sich rechtzeitig daran erinnerte, daß die Morgue offiziell ‹Institut médico-légal› heißt): place Mazas; das war am quai de La Rapée, zwei Schritt vom pont d'Austerlitz entfernt. Endlich! Jetzt würde er erfahren . . .

Er hatte im Hôtel de Bretagne geschlafen und stand also, als er ausging, wieder auf dem Platz vor dem Bahnhof Montparnasse. Es fiel ihm jedoch schwer, sich zu orientieren. Ein dichter grünlicher Nebel gab dem Platz etwas Unwirkliches; es war, als sei alles im Meer versunken. Das Café Dupont lag da wie ein gesunkener Passagierdampfer mit brennenden Lichtern auf dem Meeresgrund. Es glänzte in weiter Ferne unter den Wassern, und Ravinel mußte lange gehen, um es zu erreichen. Stehend trank er einen Kaffee. Neben ihm erklärte ein Bahnbeamter dem Kellner, daß alle Züge Verspätung hätten und daß der Zug Nr. 602 aus Le Mans bei Versailles entgleist sei.

«Und der Wetterdienst behauptet, die Sauerei wird mehrere Tage dauern.»

Ravinel fühlte dumpfe Unruhe. Warum dieser Nebel? Warum gerade heute? Wie soll man erkennen können, ob die Silhouetten, von denen man gestreift wird, Lebenden oder Toten gehören . . .? Absurd! Aber alles wird irgendwie unwirklich, um gleich darauf wieder wirklich zu werden und dann abermals zu verschwimmen.

Er warf einen Schein auf die Theke und wagte sich auf die Straße hinaus. Schon verloren hinter ihm die Lichter alle Kraft und hörten auf, Schutz zu bieten. Die feuchte Leere begann an der Bordsteinkante; der mit Nägeln bezeichnete Übergang für Fußgänger verlor sich im Nichts. Schattenhaft huschten Autos vorbei, weiße Scheinwerfer wie blicklose Augen; und das Geräusch von Schritten war irgendwo im Unendlichen, ohne daß man wissen konnte, wer da ging. Eine Taxe hielt vor dem Café Dupont an, und Ravinel stürzte darauf zu.

«Nach dem quai de La Rapée.»

So jäh fuhr das Taxi an, daß Ravinel in die Polster zurückfiel. Er begann seinen Entschluß zu bereuen. Was sollte er denn in der Morgue? Was sollte er sagen? In welche Falle würde er da geraten? Denn irgendwo lauerte bestimmt eine Falle ... mit einem Leichnam als Köder. Er sah auf einmal die Reusen vor sich, die merkwürdigen Gebilde aus Draht, deren Benutzung er seinen Kunden erklärte. *Hier befestigen Sie ein Stück Fleisch oder Hühnerdarm ... Sie müssen gegen die Strömung längs des Schilfs eintauchen ... Der Fisch merkt gar nicht einmal, daß er gefangen ist* ... Ja, irgendwo war da eine Falle.

Ravinel wurde plötzlich nach vorn geschleudert. Reifen quietschten, und der Chauffeur schimpfte hinter einem Fußgänger her, der längst im Nebel verschwunden war. Dann fuhren sie weiter. Ravinel wußte nicht mehr, in welchem Stadtviertel sie sich befanden. Gehörte vielleicht auch das Taxi bereits mit zu der Falle? Denn Lucienne hatte recht: ein Leichnam löst sich nicht in Luft auf. Mireille war vielleicht fähig, sich zu manifestieren und wieder zu erscheinen, aber das war ein Problem für sich; das ging nur Mireille und ihn etwas an. Aber die Leiche ... Wozu hätte sie einer gestohlen und dann irgendwo liegenlassen? Worauf ging das alles hinaus? Kam die Bedrohung von Mireille oder von ihrem Leichnam? Oder von beiden? Stellte man die Frage so, dann hatte sie etwas Bestürzendes; aber wie sollte man sie anders stellen?

Rechts zogen trübe, zwinkernde Lichter vorüber, wahrscheinlich die gare d'Austerlitz. Das Taxi nahm eine Kurve und stieß in eine Art von Watte vor, die den Strahl der Scheinwerfer aufsaugte. Ganz in der Nähe mußte die Seine fließen, aber durchs Wagenfenster sah man nur den unbeweglichen Dunst. Und als das Taxi anhielt, umgab Ravinel eine große Stille, die kaum durch den langsam weiterlaufenden Motor gestört wurde – eine kellerhafte, unterirdische Stille, die wie eine Drohung war. Der Wagen fuhr davon und wurde vom Nebel verschluckt. Ravinel hörte von irgendwoher das Rauschen von Wasser; von einem Dach fielen in regelmäßigen Abständen Tropfen, und als er einen Schritt machte, schmatzte der nasse Boden unter ihm. Lauter unbestimmte wässerige Geräusche wie in einem Sumpf. Er dachte an das Waschhaus, und seine Hand suchte unwillkürlich nach dem Revolver. Die Waffe war das einzige Konkrete in der allgemeinen Auflösung des Raumes. Er tastete sich an einem Geländer entlang. Der Nebel rollte sich in kalten Fetzen um seine Waden. Er hob instinktiv die Beine, wie ein Angler, der auf mooriges Gelände geraten ist. Das Gebäude wuchs plötzlich, wie aus dem Boden geschossen, vor ihm auf. Er kletterte die Stufen hinauf und erblickte am anderen Ende einer Halle eine Bahre mit Gummirädern. Er stieß eine Tür auf.

Ein Büro mit Aktenordnern und einer grünen Lampe, die einen hellen Kreis auf den Boden warf. Ein Heizkörper, auf dem ein Wasserkessel summte. Im Raum schwebten Wasserdampf, Tabakrauch und Nebel, und es roch nach Feuchtigkeit und nach Desinfektionsmitteln. Der Beamte saß hinter einem Schreibtisch und hatte die mit einem silbernen Schildchen versehene Mütze ins Genick geschoben. Ein anderer Mann tat so, als wärme er sich am Heizkörper auf. Er trug einen zerknitterten Überzieher, der in der Hüftgegend abgewetzt war, aber neue Schuhe, die knarrten, sobald er sich bewegte. Beide musterten Ravinel, der mißtrauisch näher trat.

«Worum handelt es sich?» fragte der Beamte und wiegte sich auf seinem Stuhl.

Den anderen hinter sich zu wissen und das Knarren seiner Schuhe zu hören, machte Ravinel nervös. «Ich komme wegen meiner Frau», sagte er. «Ich kam von der Reise zurück, und da war sie nicht zu Hause. Ich bin sehr beunruhigt.»

Der Beamte warf dem anderen Mann einen Blick zu, und Ravinel hatte den Eindruck, daß er sich Mühe gab, nicht zu lächeln. «Das Kommissariat haben Sie schon verständigt? ... Wo sind Sie wohnhaft?»

«In Enghien ... Nein. Ich habe noch niemanden verständigt.»

«Das hätten Sie tun sollen.»

«Ich wußte es nicht.»

«Das nächste Mal wissen Sie Bescheid.»

Verwirrt wandte Ravinel sich zu dem anderen Mann um. Der ließ den Blick zerstreut ins Leere schweifen und hielt die Hände an das Heizungsrohr. Er war dick, hatte Säcke unter den Augen und ein fettes, bleiches Doppelkinn, das den Kragen fast verdeckte.

«Wann sind Sie von der Reise zurückgekommen?»

«Vor zwei Tagen.»

«Und bisher ist so was noch nie passiert?»

«Nein. Das heißt, doch ... Als Kind, da soll sie manchmal ausgerissen sein. Aber das ist jetzt schon viele Jahre her, und seitdem ist sie nie ...»

«Und was ist jetzt Ihre eigentliche Befürchtung? Selbstmord?»

«Ich weiß nicht.»

«Wie heißen Sie?»

Das ähnelte mehr und mehr einem Verhör. Ravinel war drauf und dran zu protestieren. Der Kerl musterte ihn jetzt von unten bis oben, wobei er die Zunge über die Zähne wandern ließ. Ravinel wollte sich das verbitten. Aber es galt ja, um jeden Preis Gewißheit zu erlangen.

«Ravinel ... Fernand Ravinel.»

«Wie sieht Ihre Frau aus? ... Wie alt ist sie?»

«Neunundzwanzig Jahre alt.»

«Wie groß?»

«Einssechzig etwa.»

«Haarfarbe?»

«Blond.»

Der Beamte schaukelte sich noch immer, die Hände auf den Tischrand gestützt. Er hatte abgekaute Fingernägel, und Ravinel sah weg.

«Wie war sie gekleidet?»

«Sie trug ein marineblaues Kostüm . . . Wenigstens nehme ich es an.» Das war vielleicht ein Fehler; der Beamte blickte nach dem Heizkörper, als nehme er den Unbekannten zum Zeugen.

«Wie? Sie wissen nicht, was Ihre Frau anhat?»

«Nein. Gewöhnlich trägt sie ein blaues Kostüm, aber manchmal zieht sie darüber auch einen Mantel mit Pelzkragen an.»

«Das hätten Sie aber feststellen können.» Der Beamte lüftete die Mütze, kratzte sich auf dem Kopf und bedeckte sich wieder. «Da ist eine, die haben sie an der Brücke bei Bercy aus dem Wasser gezogen.»

«So? Hat man also . . .?»

«Die Zeitungen waren vorgestern voll davon. Lesen Sie denn keine Zeitungen?»

Ravinel hatte den Eindruck, daß der Mann hinter ihm ihn nicht mehr aus den Augen ließ.

«Warten Sie hier», sagte der Beamte.

Er verschwand durch eine Tür, an der zwei Kleiderhaken angebracht waren. Ravinel kam sich ein bißchen verloren vor und wagte sich nicht zu rühren. Der andere beobachtete ihn noch immer; dessen war er sicher. Ab und zu knarrte fast unhörbar ein Schuh. Das Warten wurde zur Qual. Ravinel stellte sich Reihen von Leichen auf langen Gestellen vor. Der Kerl mit der Mütze mochte jetzt vor diesen Gestellen auf und ab gehen wie ein Kellermeister, der einen Haut-Brion 1939 sucht. Da ging die Tür wieder auf.

«Kommen Sie mit!»

Erst ein Korridor, dann ein weißgestrichener Saal mit Fliesenboden, der durch eine große Glasscheibe unterteilt war. Das geringste Geräusch weckte ein hallendes Echo. Von der Decke herab fiel ein grelles Licht, das sich in bleichen Reflexen vervielfachte. Es sah aus wie in einer Fischhandlung nach Ladenschluß. Fast hätte Ravinel sich am Fußboden nach Schuppen und Eisstückchen umgesehen. Er bemerkte einen Wärter, der einen Karren schob.

«Kommen Sie nur näher, haben Sie keine Angst!»

Ravinel lehnte sich gegen die Scheibe. Der Leichnam glitt auf ihn zu, und er glaubte Mireille zu sehen, wie sie aus der Wanne gekommen war, mit verklebten Haaren und dem triefenden Kleid, unter dem sich die

Schenkel abzeichneten. Er unterdrückte ein nervöses Schlucken. Seine Hände spreizten sich auf der Glasscheibe, die sich unter seinem Atem beschlug.

«Na, na!» machte der Beamte begütigend.

Nein. Es war nicht Mireille. Und das war fast noch schlimmer.

«Ist sie's?»

«Nein.»

Der Beamte gab einen Wink, und der Karren verschwand wieder, von dem Wärter gezogen. Ravinel wischte sich das schweißnasse Gesicht ab.

«Beim erstenmal sind die meisten Leute ein bißchen beeindruckt», sagte der Beamte. «Aber da es ja nicht Ihre Frau ist . . .»

Er brachte Ravinel ins Büro zurück und setzte sich.

«Ich bedaure. Oder vielmehr . . . Na ja. Dumme Redensart – 'tschuldigung. Also, wenn wir was hören sollten, werden Sie benachrichtigt werden. Ihre Adresse?»

«Haus Frohsinn, in Enghien.»

Die Feder kreischte. Der andere stand immer noch bewegungslos am Heizkörper.

«An Ihrer Stelle würde ich es auf dem Kommissariat melden.»

«Ja, danke sehr», stammelte Ravinel.

«O bitte, gern geschehen.»

Und dann stand er wieder draußen. Es sauste in seinen Ohren. Der Nebel war immer noch so dicht, aber ein roter Schein durchdrang ihn, ließ ihn aussehen wie nasse Wäsche. Ravinel erinnerte sich an eine Métro-Station in der Nähe. Er orientierte sich und überquerte die Straße auf gut Glück. Es war kaum noch Verkehr. Die Geräusche schienen verzerrt in der Stille zu schweben und sich durch gewundene Kanäle zu bewegen. Irgendwie kam sich Ravinel vor wie auf einer Beerdigung. Wie Nachtlichte brannten in weiten Abständen Straßenlaternen, mit grauem, wallendem Krepp umflort. Mireille war nicht in der Morgue. Was würde Lucienne dazu sagen? Und die Versicherungsgesellschaft? Sollte er sie benachrichtigen? Ravinel blieb stehen. Er war am Ersticken. Da hörte er ganz in der Nähe das Knarren der Schuhe. Er hustete. Die Schritte hielten an. Wo? Rechts? Links? . . . Ravinel ging weiter. Das Knarren setzte wieder ein, nur wenige Meter hinter ihm. Ach, sie waren stark. *Wie gut sie es verstanden haben, mich nach der Morgue zu lokken* . . . Aber nein! Niemand konnte ja wissen . . . Ravinel stolperte über den Bordstein, sah eine Silhouette, die sogleich verschwand, sich in der Watte auflöste. Der Métro-Eingang mußte nur wenige Schritte entfernt sein. Ravinel lief, kam an anderen Silhouetten vorbei, überraschte Gesichter, die ganz plötzlich aus dem Nebel selbst zu entstehen schienen und sofort wieder in ihm verschwunden waren. Das Knarren war immer noch vernehmlich. Wollte der Kerl ihn vielleicht umbringen? Ein

Messer, das plötzlich aus dem Dunst hervorzuckt, ein jäher, nie gefühlter Schmerz ... Aber warum? Wozu denn? Ravinel hatte ja keine Feinde ... außer Mireille. Nein, auch Mireille nicht ... Wie hätte sie seine Feindin sein können? Nein, das war es nicht.

Die Métro. Und plötzlich wurden die Körper wieder sichtbar, Männer und Frauen nahmen wieder Gestalt an, glitzernd von den tausend Tropfen auf ihren Mänteln, ihren Haaren und Brauen. An der Sperre wartete Ravinel auf den Kerl. Er sah seine Schuhe auf der obersten Treppenstufe, dann seinen Mantel mit den gebauschten Taschen. Er ging auf den Bahnsteig. Der Mann folgte ihm. War er es vielleicht, der den Leichnam gestohlen hatte? Und jetzt würde er seine Bedingungen diktieren ...

Ravinel ging bis zum ersten Waggon vor, ahnte aber, daß der Mantel nur zwei Türen hinter ihm einstieg. Neben Ravinel las ein Polizist eine Sportzeitung. Er müßte ihn am Ärmel zupfen und ihm sagen: *Jemand verfolgt mich, ich bin in Gefahr!* Aber würde der andere sich nicht über ihn lustig machen? Und wenn er ihn zufällig ernst nähme, würde er Erklärungen verlangen ... Nein. Es war nichts zu machen. Gar nichts.

Die Stationen mit ihren riesigen Plakaten glitten vorüber. In den Kurven wurde Ravinel gegen den Polizisten gepreßt, der die schwebende Gestalt eines Stabhochspringers betrachtete. Den Verfolger abschütteln? Das verlangte zuviel Anstrengungen, Listen und Täuschungsmanöver. Besser war es, abzuwarten. War es denn das Leben überhaupt wert, daß man es mit solcher Gier verteidigte?

An der gare du Nord stieg Ravinel aus. Er brauchte sich nicht umzudrehen. Der Kerl war hinter ihm. Sobald die Menschenmenge sich lichtete und sich in den langen Korridoren verteilte, erklang das hartnäckige Knarren wieder. *Sie wollen mich zum Wahnsinn treiben*, dachte Ravinel. Er erreichte die Schalterhalle, kaufte eine Fahrkarte; hinter ihm der Unbekannte verlangte ebenfalls eine Fahrkarte nach Enghien. Die große Bahnhofsuhr zeigte zehn Uhr fünf. Ravinel suchte sich ein leeres Abteil. Der Kerl würde gezwungen sein, die Maske fallenzulassen. Ravinel setzte sich und legte eine Zeitung auf den gegenüberliegenden Sitzplatz, als wolle er ihn für jemanden belegen. Und der Kerl tauchte auf. Er zeigte auf die Ecke.

«Gestatten Sie?»

«Ich habe Sie erwartet», sagte Ravinel.

Der Mann schob die Zeitung beiseite und ließ sich schwer nieder.

«Désiré Merlin», brummte er. «Kriminalinspektor außer Diensten.»

«Außer Diensten?» Ravinel hatte die Frage nicht zurückhalten können. Er verstand immer weniger.

«Ja», sagte Merlin. «Ich muß mich entschuldigen, daß ich Ihnen gefolgt bin.»

Er hatte blaue, sehr lebhafte, sehr blasse Augen, die im Gegensatz zu der Aufgedunsenheit seines Gesichts standen. Er schien gutmütig zu sein; er stützte beide Hände auf seine gewaltigen Schenkel. Eine Uhrkette hing quer über die Weste. Dann sah er sich um und beugte sich vor. «Zufällig habe ich vorhin die Unterredung mit angehört; da dachte ich, daß ich Ihnen vielleicht nützlich sein könnte. Ich hab sehr viel freie Zeit, wissen Sie, und fünfundzwanzig Jahre Erfahrung. Schließlich habe ich Dutzende von Fällen erlebt, die ähnlich gelagert waren wie der Ihre. Eine Frau verschwindet; der Mann glaubt, sie ist tot, und eines Tages ... Glauben Sie mir, lieber Herr, oft ist es besser, abzuwarten, bevor man die Polizei alarmiert.»

Der Zug fuhr ab und rollte langsam durch eine konturenlose Landschaft, in der sich helle Flecke bewegten.

Merlin berührte Ravinels Knie und fuhr mit der Stimme eines Beichtenden fort: «Ich bin durchaus in der Lage, gewisse Nachforschungen durchzuführen und mich ganz diskret, ohne Aufsehen zu erregen, umzuhören ... Selbstverständlich streng in den Grenzen des Legalen, aber es gibt ja auch überhaupt keinen Grund zu der Annahme ...»

Ravinel dachte an die knarrenden Schuhe und fühlte sich erleichtert. Dieser Merlin sah eigentlich gar nicht so übel aus. Vermutlich war er auf einen kleinen Nebenverdienst erpicht, woraus sich auch erklärte, warum er im ‹Institut médico-légal› herumlungerte. Die Pension eines Inspektors ist wohl nicht übermäßig hoch. Na, da war dieser Merlin ja an den Rechten geraten! Vielleicht gelang es ihm, Mireille aufzufinden ...

«Ich glaube wirklich, daß Sie mir einen Dienst erweisen könnten», sagte Ravinel. «Ich bin Handlungsreisender, und in der Regel komme ich jeden Samstag nach Hause. Vorgestern aber habe ich meine Frau nicht vorgefunden. Da hab ich zunächst mal zwei Tage abgewartet, und heute morgen ...»

«Lassen Sie mich bitte erst ein paar Fragen stellen», flüsterte Merlin, nachdem er sich noch einmal umgesehen hatte. «Seit wann sind Sie verheiratet?»

«Seit fünf Jahren. Meine Frau hat immer ein sehr geregeltes Leben geführt, und ich glaube nicht ...»

Merlin hob seine fette Hand. «Langsam! Haben Sie Kinder?»

«Nein.»

«Ihre Eltern?»

«Sind tot. Aber ich sehe nicht recht ...»

«Lassen Sie nur, ich habe darin Erfahrung, glauben Sie mir! Und die Familie Ihrer Frau?»

«Ihre Eltern sind ebenfalls tot. Mireille hat nur einen verheirateten Bruder, der in Paris wohnt.»

«Gut. Ich sehe schon ... Eine junge Frau, die sich selbst überlassen ist ... Keine Sorgen hinsichtlich der Gesundheit?»

«Nein. Meine Frau hat vor drei Jahren mal Typhus gehabt. Sie ist sehr kräftig. Sicherlich viel kräftiger als ich.»

«Vorhin haben Sie etwas von Ausreißen gesagt. Ist Ihnen gelegentlich aufgefallen, daß sie ... Wie soll ich sagen ...»

«Nein, nein, Mireille kam mir immer sehr ausgeglichen vor. Sie war allerdings ziemlich oft nervös, ja, reizbar. Aber eigentlich auch nicht mehr als andere Frauen.»

«Das werden wir noch sehen. Zunächst mal die Hauptsachen. Hatte sie eine Waffe bei sich?»

«Nein. Obgleich ein Revolver im Haus war.»

«Hat sie Geld mitgenommen?»

«Nein. Sie hat sogar ihre Handtasche dagelassen. Aber da waren nur ein paar Francs drin. Wir haben immer sehr wenig Bargeld im Haus.»

«War sie ... Ich meine: ist sie sparsam?»

«O doch, ziemlich.»

«Immerhin könnte sie heimlich am Haushaltsgeld gespart haben – auf diese Weise kann allerhand zusammenkommen. Ich erinnere mich an einen Fall aus dem Jahre 1947 ...»

Ravinel hörte höflich zu. Er sah auf die von Tropfen gestreifte Fensterscheibe und auf das Gegengleis, das allmählich in dem stellenweise aufreißenden Nebel sichtbar wurde. War es richtig von ihm oder nicht? Er wußte nicht mehr. Vom Standpunkt Luciennes aus handelte er zweifellos klug. *Doch vom Standpunkt Mireilles aus?* ... Er fuhr zusammen. Dieser Gedanke war doch idiotisch! Und trotzdem ... Würde Mireille dulden, daß dieser Polizist sich einmischte? Würde sie damit einverstanden sein, daß ein Merlin herumschnüffelte, um ihre Leiche zu finden? Merlin redete, breitete sehnsuchtsvoll seine Erinnerungen aus, und Ravinel zwang sich, nicht mehr zu denken und nicht mehr voraussehen zu wollen. Abwarten. Abwarten und aus der Situation heraus entscheiden ... *Was schaut er mich so an?*

«Wie bitte?»

«Ich frage, ob Ihre Frau einen Ausweis bei sich hat?»

«Nein. Ihre Papiere waren noch in der Handtasche.»

Der Waggon ratterte über Weichen und fuhr langsamer.

«Wir sind da», sagte Ravinel.

Merlin erhob sich und suchte umständlich seine Fahrkarte zwischen allen möglichen Zetteln in seiner Tasche hervor. «Natürlich ist die erste Hypothese, die sich der Überlegung anbietet, die, daß Ihre Frau ausgerissen ist. Wenn sie sich umgebracht hätte, so wäre ihre Leiche doch gefunden worden. Denken Sie: nach zwei Tagen!»

Ja eben. Darum geht es ja gerade, mein Guter! Aber wie das Merlin klarmachen? ... Der Alptraum setzte wieder ein. Ravinel hatte die größte Lust, sich von dem Dicken dessen Ausweis zeigen zu lassen.

Aber der war sicherlich auf alles vorbereitet. Und außerdem, war es nicht das Wahrscheinlichste, daß es sich wirklich um einen Inspektor handelte? Nein, da war nichts zu machen. Schon war Merlin auf den Bahnsteig gesprungen und wartete auf Ravinel. Flucht war ausgeschlossen.

«Kommen Sie», sagte Ravinel mit einem Seufzer, «es sind nur wenige Minuten bis zum Haus.»

Sie gingen zusammen durch den Nebel. Die Schuhe knarrten erbärmlich, und Ravinel mußte seinen ganzen Willen aufbieten, um nicht in Panik zu verfallen. Er war in die Falle geraten! Die Falle hieß Merlin . . .

«Sind Sie wirklich . . .?»

«Wie meinen Sie?»

«Ach nichts . . . Sehen Sie, da fängt meine Straße schon an. Das Haus liegt am anderen Ende.»

«Sie haben Glück, daß Sie sich in dieser Erbsensuppe überhaupt zurechtfinden.»

«Macht der Gewohnheit, Inspektor. Ich fände sogar mit geschlossenen Augen nach Hause.»

Ihre Schritte hallten auf dem Zement vor dem Gartentor; Ravinel zog die Schlüssel heraus.

«Vielleicht ist was im Briefkasten?» meinte Merlin.

Ravinel öffnete die Klappe, und der Polizist schob seine Hand in den Kasten. «Nee . . . nichts.»

«Es hätte mich auch gewundert», murmelte Ravinel. Er schloß die Haustür auf und trat rasch in die Küche, wo er den auf dem Tisch liegengebliebenen Rohrpostbrief verschwinden ließ und das noch in der Tür steckende Messer herauszog.

«Hübsch bei Ihnen!» sagte Merlin anerkennend. «So ein Häuschen war immer mein Traum.» Er rieb sich die Hände und nahm den Filzhut ab. Auf dem fast kahlen Schädel hatte der Hutrand einen roten Streifen hinterlassen. «Ja – vielleicht zeigen Sie mir erst mal das Haus, nicht wahr?»

Ravinel führte ihn ins Speisezimmer, nachdem er aus Gewohnheit in der Küche das Licht ausgeschaltet hatte.

«Aha, da liegt ja die Handtasche!» rief Merlin. Er öffnete sie, kehrte sie um und schüttete den Inhalt auf den Tisch.

«Keine Schlüssel?» fragte er, während er mit seinen Wurstfingern die Puderdose, die Brieftasche, das Taschentuch, den Lippenstift und ein Päckchen Zigaretten auseinander schob.

Die Schlüssel? An die Schlüssel hatte Ravinel überhaupt nicht gedacht. «Nein!» sagte er, um kurzen Prozeß zu machen. «Zur Treppe geht es hier lang.»

Sie stiegen in den ersten Stock hinauf. Im Schlafzimmer war das Bett noch eingedrückt, wo Ravinel geschlafen hatte.

«Hmmm ...» machte Merlin. «Wohin führt diese Tür?»

«In den Wandschrank.» Ravinel öffnete und schob die Kleider zur Seite. «Es fehlt nichts ... außer einem pelzbesetzten Mantel. Aber meine Frau wollte ihn färben lassen; und es kann sein, daß ...»

«Aber das blaue Kostüm? Vorhin sagten Sie ...»

«Ja richtig ... Das Kostüm fehlt auch.»

«Die Schuhe?»

«Sind alle da, wenigstens die neuen. Mireille hat ihre alten Sachen immer weggegeben. Wie soll ich da wissen, ob ...»

«Natürlich, ja ... Und dieser Raum?»

«Mein Büro. Treten Sie nur ein, Inspektor. Entschuldigen Sie die Unordnung ... Hier, nehmen Sie den Sessel. Ich hab da auch eine Flasche Cognac. Das wird uns aufwärmen.»

Er nahm den Cognac aus dem Regal. Er fand aber nur ein Glas.

«Entschuldigen Sie mal einen Augenblick – ich hole nur ein zweites Glas.»

Jetzt beruhigte ihn Merlins Gegenwart ein wenig; er fühlte sich im Haus wieder etwas heimischer. Er ging nach unten, durchquerte das Speisezimmer, trat in die Küche und blieb beim Fenster plötzlich stehen. Dort hinter dem Gartentor ... die Silhouette ...

«Merlin!»

Der Schrei mußte fürchterlich klingen. Der Inspektor eilte sich so, daß er fast die Treppe hinuntergefallen wäre.

«Was ist denn? Was haben Sie denn?»

«Dort! ... Mireille!»

Zehntes Kapitel

Die Straße war menschenleer. Ravinel wußte bereits, daß Merlin seine Zeit vergeudete; daß es unnötig war, zu laufen und zu suchen.

Der Polizist kam außer Atem zurück. «Sind Sie wirklich sicher, Ravinel?» Er war bis zum Anfang der Straße gelaufen.

Nein. Ravinel war nicht sicher. Er hatte geglaubt ... Er zwang sich, das Bild der Gestalt am Gartentor zu rekonstruieren, aber es wollte ihm nicht gelingen. Dazu hätte er Ruhe gebraucht, Stille; doch der Dicke verwirrte ihn mit seinem Gefrage, seinem Aufundabrennen, seinem Herumfuchteln vollends. Das Haus war zu klein, zu gebrechlich für einen Mann wie Merlin.

«He – Ravinel ...» Er hatte spontan das ‹Monsieur› ausgelassen. «... Sehen Sie mich?» Er war wieder hinausgegangen und hatte sich hinter dem Gartentor aufgebaut; jetzt mußte er schreien, um sich verständlich zu machen. Es war lächerlich. Es sah aus, als ob sie Verstecken spielten. «Na? – Ravinel! Antworten sie doch!»

«Nein. Ich sehe nichts.»

«Und hier?»

«Auch nicht.»

Merlin kam in die Küche zurück. «Na, nun geben Sie's ruhig zu: Sie haben gar nichts gesehen. Sie waren verwirrt. Es war ganz einfach nur der Türpfosten, den Sie für Ihre Frau gehalten haben.»

Der Türpfosten? Vielleicht war das wirklich die Erklärung ... Aber nein! Ravinel erinnerte sich, daß der Schatten sich bewegt hatte. Er ließ sich auf einen Stuhl fallen. Merlin preßte sein Gesicht gegen die Fensterscheibe.

«Auf jeden Fall konnten Sie sie nicht erkennen ... Warum haben Sie ‹Mireille› gerufen?» Der Inspektor wandte sich ihm zu. Er quetschte sein Kinn auf die Brust und sah Ravinel mit einem Ausdruck des Argwohns an. «Hören Sie mal! Sie machen sich wohl über mich lustig?»

«Aber ich bitte Sie, Inspektor! Mir ist nicht nach dummen Witzen zumute.»

Auch gestern hatte er Lucienne diese Versicherung geben müssen. Was hatten sie alle bloß, ihm zu mißtrauen?

«Also jetzt denken Sie mal ein bißchen nach! Wenn jemand auf der Straße gewesen wäre, hätte ich unbedingt seinen Schritt hören müssen. Begreifen Sie doch! Ich habe keine zehn Sekunden gebraucht bis zum Gartentor.»

«Nicht unbedingt. Sie haben selbst so viel Lärm gemacht, daß ...»

«Ach so, natürlich! Jetzt bin ich daran schuld!» Merlin atmete hörbar, und seine Hängebacken zitterten. Er versuchte, sich zur Beruhigung eine Zigarette zu drehen. «Dabei habe ich doch einen Augenblick auf dem Trottoir angehalten, um zu horchen.»

«Na und?»

«Und? Der Nebel verhindert immerhin nicht, daß man die Schritte hört, wenn da jemand geht.»

Wozu recht behalten wollen, diskutieren, ihm klarmachen, daß Mireille lautlos wie die Nacht geworden war, unberührbar wie die Luft? Vielleicht stand sie unmittelbar neben ihnen in der Küche und wartete nur darauf, daß der Störenfried ginge, um sich abermals zu manifestieren? *Kann man denn eine Seele durch einen Detektiv suchen lassen?* Grotesk! Wie hatte er überhaupt ernsthaft hoffen können, dieser Merlin würde ...

«Es gibt keine sechsunddreißig Erklärungen dafür. Sie haben einfach eine Halluzination gehabt. Ich an Ihrer Stelle ginge mal zu einem Arzt. Ich würde ihm alles erzählen ... meine Befürchtungen, meine Angstvorstellungen, meine Visionen ...» Er beleckte den Rand des Zigarettenpapiers und ließ den Blick langsam durch den Raum wandern, um sich die Atmosphäre des Hauses gut einzuprägen.

«Ganz einfach dürfte das für Ihre Frau hier auch nicht gewesen sein», warf er hin. «Und dazu noch einen Ehemann, der . . .hm.» Er setzte seinen Hut auf und knöpfte den Mantel langsam zu, wobei er den noch immer sitzenden Ravinel überragte. «Sie ist wahrscheinlich auf und davon gegangen. Und ich habe das Gefühl, als wäre sie nicht die allein Schuldige.»

Das also würden die Leute annehmen, da er ihnen ja nicht gut sagen konnte: *Ich habe meine Frau umgebracht; sie ist tot.* Er konnte nicht auf fremde Hilfe rechnen. Damit war es aus. «Wieviel schulde ich Ihnen, Inspektor?»

Merlin zuckte zusammen. «Aber, verzeihen Sie . . . Ich wollte ja nicht . . . Schließlich, du lieber Himmel, wenn Sie ganz sicher sind, sie gesehen zu haben . . .»

Ach, nein. Nur nicht noch einmal damit anfangen! Ravinel zog die Brieftasche heraus. «Dreißig? Vierzig?»

Merlin zertrat die Zigarette auf den Fliesen. Er schien plötzlich sehr alt, sehr schäbig und erbärmlich. «Wie Sie meinen», brummte er und sah weg, während seine Hand über das Wachstuch tastete und sich über den Geldscheinen schloß. «Ich wäre Ihnen sehr gern nützlich gewesen, Monsieur Ravinel . . . Aber seien Sie versichert, ich stehe ganz zu Ihrer Verfügung, falls sich etwas Neues ergeben sollte. Hier haben Sie meine Karte.»

Ravinel begleitete ihn zum Gartentor. Der Inspektor tauchte sofort im Nebel unter. Aber das Knarren seiner Schuhe war noch lange zu hören. *Von seinem Standpunkt aus hat er ja recht. Der Nebel verhindert nicht, daß man jemanden gehen hört.*

Ravinel kehrte ins Haus zurück, schloß die Tür, und die Stille stürzte sich auf ihn. Im Vorplatz lehnte er sich aufstöhnend an die Wand. Diesmal war er sicher: etwas hatte sich bewegt . . . Mochten sie ihn doch alle für krank halten. Er wußte genau, daß er sie gesehen hatte. Und auch Germain behauptete, sie gesehen zu haben. Aber Lucienne? Lucienne hatte sie nicht nur gesehen; sie hatte sie auch berührt: sie hatte das eiskalte Fleisch betastet.

Ravinel kniff sich in die Wange und betrachtete seine Hände. Irrtum war ausgeschlossen. Eine Tatsache ist eine Tatsache. Er ging in die Küche zurück und bemerkte, daß der Wecker stehengeblieben war. Er spürte etwas wie bittere Genugtuung darüber. Wenn er krank gewesen wäre, hätte er doch dieses Detail nicht wahrgenommen! Beim Fenster blieb er stehen, um das Experiment noch einmal zu machen. . . . Der Briefkasten. Hinter dem Gitterfensterchen des Briefkastens war ein weißer Fleck.

Ravinel trat wieder aus dem Haus und schlich sich langsam heran, als wollte er ein schlummerndes Tier ertappen ... Ein Brief! Und dieser dämliche Merlin hatte nichts bemerkt!

Ravinel öffnete den Kasten. Es war kein Brief, sondern bloß ein zusammengefaltetes Stück Papier.

Mein Liebling,
es tut mir schrecklich leid, daß ich Dir noch keine Erklärung geben kann. Ich komme aber ganz gewiß heute abend oder heute nacht nach Hause.
Küßchen!

Mireilles Handschrift! Der Zettel war mit Bleistift gekritzelt, aber ein Zweifel war ganz und gar unmöglich. Wann hatte sie diese Zeilen geschrieben? Wo? Auf dem Knie? An der Mauer? ... *Als ob Mireille noch ein Knie hätte! Als ob die Mauer für ihre Hand noch einen Widerstand bedeutete!* Doch da war der Zettel! Es war ganz normales Papier, hastig irgendwo abgerissen. Man konnte sogar noch Teile eines Briefkopfs erkennen, mit blauen Druckbuchstaben ... rue Saint-Benoît ... Was heißt das, rue Saint-Benoît?

Ravinel legt das Papier auf den Küchentisch und glättet es mit der Hand. rue Saint-Benoît. Er überlegt. Er hat das Gefühl, sein Schädel müsse jeden Augenblick zerspringen. Aber er wird durchhalten! Er muß durchhalten. Sachte! Sich nur nicht verkrampfen! Die Gedanken beisammenhalten, die wie Dampf im Kessel unter zu hohem Druck entweichen wollen. Erst einen Schluck trinken. Im Küchenschrank steht eine Flasche Cognac. Er holt sie, sucht den Korkenzieher. Na, dann ohne. Keine Zeit dazu. Mit einem knappen Schlag auf den Rand des Ausgusses bricht er den Flaschenhals ab; der Schnaps spritzt. Er erwischt ein Glas, füllt es bis zur Hälfte, stürzt den Inhalt hinunter. Er glüht, hat das Gefühl, anzuschwellen. rue Saint-Benoît ... Die Adresse eines Hotels? Es kann nur eine Hoteladresse sein. Das Blatt scheint in aller Eile von einem Notizblock abgerissen worden zu sein. Es gilt also, dieses Hotel zu finden. Und dann? ... Das wird er schon sehen. Mireille kann kein Zimmer mehr mieten, das liegt auf der Hand. Aber sie will offenbar, daß er nachforscht, daß er dieses Hotel aufsucht. Vielleicht hat sie im Sinn, ihm dann in diesem Augenblick das entscheidende Zeichen zu geben und ihn zu sich hinüberzuziehen?

Er gießt sich Cognac ein und verschüttet auf das Wachstuch. Egal. Er spürt, daß ihm etwas Weihevolles bevorsteht. *Es tut mir schrecklich leid, daß ich Dir noch keine Erklärung geben kann* ... Es gibt Geheimnisse, die man nur mit größter Vorsicht mitteilen kann; das ist klar. Und Mireille selbst weiß doch erst seit so kurzer Zeit Bescheid? *Wahrscheinlich findet sie sich noch nicht so ganz zurecht.* Sie kommt heute abend oder heute nacht nach Hause. Gut! Aber sie hat sich doch die Mühe gemacht, diesen Zettel in den Kasten zu stecken. Also bedeutet er irgend etwas, und es muß etwas Wichtiges sein. Er bedeutet, daß beide sich darum bemühen müssen, zueinander zu kommen. Sie tasten jeder auf einer anderen Seite der großen Scheibe ... *Wie in der Morgue, wo eine Glaswand die Toten von den Lebenden trennt* ... Arme Mireille! Wie gut er den Tonfall ihrer beiden Briefe versteht! Sie ist durchaus nicht böse auf ihn. In jener unbekannten Welt, wo sie auf ihn wartet, ist sie glücklich. Sie denkt nur daran, ihn an ihren Freuden teilhaben zu lassen. Und dabei hatte er Angst gehabt! Und Lucienne, die ewig von der Liebe faselt? Lucienne ist Materialistin; sie hat kein Organ für das Geheimnis. Alle sind sie heute Materialisten ... Merkwürdig immerhin, daß Merlin den Brief nicht entdeckt hat. Aber Leute wie er können eben gewisse Dinge nicht sehen.

Es ist zwei Uhr vorbei. Ravinel geht in die Garage und öffnet den eisernen Rolladen. Später wird er etwas essen. Auch das Essen ist etwas Verächtliches. Der Wagen springt an. Ravinel fährt auf die Straße hinaus. Der Nebel ist jetzt graublau, als ob die Nacht ihn zu durchtränken begänne. Die Scheinwerfer wühlen sich hinein wie in die Flugasche eines Vulkans. Ravinel schließt aus Gewohnheit die Garage und fährt los.

Merkwürdige Fahrt! Er sieht weder die Straße noch die Häuser noch sonst etwas. Es gibt nur noch irrende Lichter; schweifende Konstellationen, Meteore, die durch eine Unendlichkeit kalten Dunstes ziehen ... Allein die Räder vermitteln noch brauchbare Angaben, melden durch vertraute Geräusche den Randstreifen und seinen Schotter, das Pflaster, Schienen, dann einen Boulevard, wo man über eine gebohnerte Fläche zu gleiten glaubt. Man muß sich vorbeugen und im wesenlosen Grau die

Umrisse der Fassaden zu erraten suchen, um die dunkle Höhle, den Fjord einer Seitenstraße zu erspähen. Ravinel fühlt sich schwer, abgespannt, weh im Innern. Er parkt auf gut Glück nach der Kreuzung bei Saint-Germain.

rue Saint-Benoît. Zum Glück ist sie nicht lang. Ravinel folgt dem linken Trottoir und stößt sofort auf das erste Hotel, ein kleines Hotel für Dauermieter. Am Schlüsselbrett ist höchstens Platz für zwanzig Zimmerschlüssel.

«Ist eine Madame Ravinel bei Ihnen abgestiegen?»

Man mustert ihn. Er ist unrasiert, und sein Kragen ist schmutzig und zerdrückt. Sehr vertrauenerweckend sieht er bestimmt nicht aus. Aber der Portier läßt sich herbei, die Anmeldezettel durchzusehen.

«Nein. Ich finde sie nicht. Sie müssen sich irren.»

«Danke.»

Das zweite Hotel sieht bescheiden aus. Niemand in der Rezeption. Er tritt in einen kleinen Salon bei der Kasse. Ein paar Rohrsessel, eine Zimmerpalme, auf einem niedrigen Tisch zerfledderte Adreßbücher.

«Ist jemand da?»

Ravinel hat das Gefühl, sehr laut gerufen zu haben. Nichts! Er fragt sich plötzlich, was er eigentlich in diesem Hotel will, das offenbar völlig ausgestorben ist. Der Erstbeste könnte die Schubladen der Kasse durchstöbern oder sich die Treppe hinauf zu den Zimmern schleichen.

«Ist niemand da?»

Schlurfende Hausschuhe. Aus einer Art Küchenanbau kommt ein triefäugiger alter Mann. Eine schwarze Katze umkreist seine Füße mit aufrecht stehendem Schwanz.

«Wissen Sie, ob eine Madame Ravinel hier abgestiegen ist?»

Der Alte legt die Hand trichterförmig ans Ohr und neigt den Kopf.

«Madame Ravinel!»

«Ja, ja. Ich verstehe schon.»

Er humpelt zur Rezeption. Die Katze springt auf die Kasse und schließt halb ihre grünen Augen, während sie Ravinel beobachtet. Der Alte öffnet ein Buch, setzt eine Brille mit Drahtbügeln auf.

«Ravinel . . . Da haben wir sie! Ja, die ist hier.»

Die Augen der Katze sind nur noch schmale Schlitze. Fröstelnd zieht sie den Schwanz ein und rollt ihn sorgfältig auf ihre weißgefleckten Pfoten.

Ravinel knöpft seinen Regenmantel auf, dann seine Jacke und fährt mit seinem Finger in seinen Kragen. «Ich meine: Madame Ravinel.»

«Jawohl. Ich bin nicht taub. Madame Ravinel.»

«Ist sie da?»

Der Mann nimmt die Brille ab. Seine wäßrigen Augen starren nach den Fächern, in denen die Schlüssel und die Post für die Hotelgäste liegen. «Sie ist ausgegangen. Da ist ihr Schlüssel.»

Nach welchem der Fächer blickt er? «Ist sie vor längerer Zeit ausgegangen?»

Der Alte zuckt die Achseln. «Glauben Sie vielleicht, ich hab die Zeit dazu, den Leuten nachzugaffen. Die kommen oder gehen. Da kümmere ich mich nicht drum.»

«Haben Sie Madame Ravinel gesehen?»

Mechanisch krault der Alte dem Tier den Kopf. Um seine Augen graben sich Falten ein, wenn er nachdenkt.

«Warten Sie mal . . . Ist es nicht eine Blondine . . . noch jung . . . mit einem Mantel mit Pelzkragen?»

«Ja, ganz recht . . . Hat sie mit Ihnen gesprochen?»

«Nein. Mit mir nicht. Meine Frau war dabei, wie sie sich eingetragen hat.»

«Aber . . . Sie haben sie sprechen hören?»

Der Alte schneuzt sich und wischt sich die Lider. «Sind Sie von der Polizei?»

«Nein, nein», stottert Ravinel. «Es ist eine Freundin von mir . . . Ich such sie schon seit ein paar Tagen. Hat sie Gepäck?»

«Nein.» Er ist mißtrauisch geworden. Er wird nichts mehr sagen.

Ravinel wagt noch eine letzte Frage: «Wissen Sie, wann sie zurückkommt?»

Der Alte klappt laut das Buch zu und schiebt die Brille in ein grünliches Etui. «Bei der weiß man es nie. Man glaubt, sie ist ausgegangen, dabei ist sie da; und wenn man glaubt, sie ist da, dann ist sie weg. Tut mir leid, mehr kann ich Ihnen auch nicht sagen.»

Er schlurft humpelnd und gebückt davon; die Katze folgt ihm entlang der Wand und macht einen Buckel.

«Warten Sie doch!» ruft Ravinel. Er holt aus seiner Brieftasche eine Visitenkarte. «Bitte geben Sie ihr das.»

«Wie Sie wollen.» Der Alte legt die Karte schief in eines der Fächer. Nummer 19.

Ravinel tritt auf die Straße und findet ein benachbartes Café. Es kommt ihm vor, als sei sein Mund aus Leder. Er sucht sich einen Platz in der Ecke aus.

«Cognac!»

Ist sie wirklich dort? Der Alte schien von ihrer Existenz felsenfest überzeugt. Und kein Gepäck, nicht einmal ein Stadtköfferchen. *Man glaubt, sie ist ausgegangen, dabei ist sie da. Und wenn man glaubt, sie ist da, dann ist sie weg*. Genau das ist es! Wenn der wüßte, der arme Alte, was für ein seltsamer Gast da in seinem Hotel wohnt . . . Vielleicht hätte er mit der Frau des Alten sprechen sollen; sie war ja die einzige, die mit der Mieterin im pelzbesetzten Mantel geredet hatte. Aber ausgerechnet sie war nicht da ... Es gab eine ganze Reihe von Berichten über Mireille – Berichte, die zunächst einmal objektiv richtig zu sein schienen. Aber alle hatten einen kleinen Haken. Die Hotelbesitzerin war nicht erreichbar. Germain mochte noch halb geschlafen haben ... *Vor allem aber: Sie wissen ja alle nicht, daß Mireille ... daß ich Mireille ...*

Ravinel wirft einen Geldschein auf den Tisch und stürzt hinaus. Der Nebel näßt ihm das Gesicht, ein Nebel, der nach Ruß, nach Kanalisation und ranzigem Fett riecht. Da ist das Hotel. Die Halle ist leer. Ravinel stößt die Tür auf, die ein automatischer Schließer sacht hinter ihm zufallen läßt. Der Schlüssel hängt noch unter dem Nummernschildchen aus Messing, und auch die Visitenkarte ist nicht verschwunden. Er geht auf den Zehenspitzen. Er wagt kaum zu atmen. Seine Hand faßt den Schlüssel, ohne daß das daran hängende Schild klappert. Nr. 19 muß im zweiten oder dritten Stock sein. Der Läufer auf den Treppenstufen ist abgewetzt und fadenscheinig, aber die Stufen knarren nicht. Nur Licht gibt es keines. Bizarr, dieses schlafende Hotel! Da ist der Treppenabsatz des ersten Stocks. Ein finsterer Abgrund. Ravinel sucht nach seinem Feuerzeug, läßt es aufflammen und hält es mit ausgestrecktem Arm von sich. Ein brauner Läufer verliert sich im Halbdunkel eines Korridors. Wahrscheinlich nicht mehr als vier oder fünf Zimmer auf jeder Seite. Ravinel steigt wieder hinauf. Ab und zu beugt er sich über das Geländer und bemerkt ganz unten in einem ekelhaft fahlen Licht etwas, das ein Fahrrad sein könnte. Mireille wußte genau, was sie tat, als sie hier Zuflucht suchte. Aber wieso soll sie eigentlich Zuflucht gesucht haben? An ihm wäre es eher, wenn er bloß den Mut dazu hätte ...

Der zweite Stock. Mit dem Feuerzeug leuchtet Ravinel die Zimmernummern ab. 15 ... 17 ... 19. Er läßt das Flämmchen erlöschen und lauscht. Irgendwo läuft ein Waschbecken leer. Soll er eintreten? Wird er auf dem Bett nicht den noch von Wasser triefenden Leichnam entdekken? Nein! Solche Gedanken muß man verscheuchen ... Ravinel versucht zu zählen und seine Aufmerksamkeit auf irgendeinen harmlosen Gegenstand zu richten. Er zittert so, daß es drinnen zu hören sein muß.

Er läßt das Feuerzeug wieder aufflammen, findet das Schlüsselloch. Er schiebt den Schlüssel hinein und wartet. Nichts rührt sich. Idiotisch, diese namenlose Angst, wo es doch gar nichts zu fürchten gibt. Mireille ist kein Feind. Er drückt die Türklinke nieder und schlüpft ins Zimmer.

Der Raum ist leer und dunkel. Er rafft alle Kraft zusammen, geht zum Fenster, zieht den Vorhang zu und schaltet die Deckenbeleuchtung ein. Das viel zu gelbliche Licht fällt armselig auf das eiserne Bett, den Tisch mit der fleckigen Decke, den gestrichenen Schrank, den abgenutzten Sessel. Aber da ist noch etwas: Mireilles Parfum. Unverkennbar! Ravinel dreht sich um sich selbst und schnüffelt vorsichtig. Es ist unbedingt ihr Parfum, hier kaum merklich, dort konzentriert, fast kräftig. Ein billiges Parfum von Coty. Viele Frauen verwenden es. *Wohnt hier vielleicht eine andere, die zufällig das gleiche* ... Aber der Kamm auf dem Bord über dem Waschbecken?

Ravinel hält ihn in den Händen, fühlt sein Gewicht auf den Fingern. Nein, das wäre zuviel vom Zufall verlangt. Er hat diesen Kamm in Nantes in einem Geschäft der rue de la Fosse gekauft. Und der letzte Zahn ist in der Mitte abgebrochen. Es gibt in ganz Paris nicht zwei solche Kämme. Und die blonden Haare, die sich darin verfangen haben? Und der blecherne Hautcreme-Deckel, der als Aschenbecher gedient hat und in dem noch eine kaum angerauchte Zigarette liegt, eine High-Life? Mireille raucht beharrlich High-Life, obwohl sie ihr gar nicht schmecken, bloß weil ihr der Name gefällt. Ravinel muß sich aufs Bett setzen. Er möchte, ins Kopfkissen gewühlt, weinen und schluchzen, wie damals, wenn er auf eine Frage seines Vaters nicht antworten konnte. Noch immer weiß er keine Antwort. Ganz leise wiederholt er: «Mireille ... Mireille ...» wobei er auf den Kamm und die schimmernden Haare starrt. Wenn diese Haare nicht wären, würde er vielleicht weniger unglücklich sein. Er sieht wieder die Haare vor sich, die anderen Haare, die vom Wasser dunkel geworden waren und auf der Gesichtshaut klebten wie eine Tätowierung. Und nun ist nichts weiter zurückgeblieben als dieser Kamm und die Zigarette mit der Spur des Lippenstiftes. Diese Zeichen muß er entziffern, damit er weiß, was Mireille von ihm erwartet.

Er erhebt sich, öffnet den Schrank und die Schubladen. Nichts. Er steckt den Kamm in die Tasche. In der ersten Zeit ihrer Ehe hat er manchmal morgens Mireille gekämmt. Wie sehr liebte er doch ihre Haare, wenn sie über die nackten Schultern fluteten! Zuweilen vergrub er seine Lippen darin, um ihren Geruch zu atmen ... wie frisch geschnittenes Gras ... *Da ist es, das Zeichen!* Mireille hat den Kamm nicht dort im Haus lassen wollen, wo er ganz bedeutungslos wäre; sie ist hierhergekommen, in dieses anonyme Zimmer, um ihn hier hinzulegen als Erinnerung an die Zeit ihrer Liebe. Es ist klar. Sie konnte keine Erklärungen geben. Schritt um Schritt mußte er sich auf dem dunklen Weg vorantasten, mußte versuchen, sie einzuholen. Und der Zettel gibt ihm ein Rendezvous: *Ich komme aber ganz gewiß heute abend oder heute nacht nach Hause.*

Jetzt gibt es keinen Zweifel mehr; er wird Mireille wiedersehen. Sie wird sich für seine Augen sichtbar machen. Die Einweihung ins Mysterium ist fast vollendet. Heute nacht wird Hochzeit sein. Er hat Fieber und ist doch plötzlich völlig ruhig. Er führt die Zigarette an den Mund. Er will nicht wissen, welche Lippen sie gepreßt haben, und er unterdrückt den Ekel, der ihn schüttelt, als er sie nun selbst zwischen den Lippen preßt. Mireille zündete oft die Zigaretten an, ehe sie sie ihm reichte. Er läßt sein Feuerzeug aufflammen, stößt den ersten Zug Rauch aus. Er ist bereit. Ein letzter Blick auf das Zimmer, wo er gegen seinen Willen einen Entschluß gefaßt hat, den er nicht zu formulieren wagt.

Er tritt auf den Korridor hinaus, dreht den Schlüssel um und bemerkt am Ende des Flurs zwei phosphoreszierende Punkte. Wenige Minuten vorher hätte er wahrscheinlich das Bewußtsein verloren, so sehr war er verkrampft vor Nervenanspannung. Jetzt geht er auf die beiden riesigen Augen zu, die ihn aus der Tiefe der Finsternis heraus beobachten. Er erkennt die Katze, die auf dem Treppenabsatz sitzt. Sie läuft vor ihm hinab, dreht sich um, und einen Augenblick bleiben die beiden fahlen Monde in der Schwebe. Ravinel versucht gar nicht erst, das Geräusch seiner Schritte zu dämpfen. Er kommt ins Parterre, und die Katze miaut ein einziges Mal, aber auf eine Art, die einem das Herz umdreht.

Der Alte taucht auf der Schwelle der Küchentür auf. «Ist sie nicht da?» knurrt er bloß.

«Doch», sagt Ravinel, während er den Schlüssel ans Brett hängt.

«Ich hab's Ihnen ja gleich gesagt», erwidert der Alte. «Wenn man denkt, sie ist weg, dann ist sie da. Es ist Ihre Frau, was?»

«Ja», sagt Ravinel. «Es ist meine Frau.»

Der Alte schüttelt den Kopf, als ob er alles vorausgesehen habe. Er fährt wie im Selbstgespräch fort: «Mit den Frauen muß man Geduld haben.» Damit schlurft er davon. Die Katze folgt ihm.

Ravinel wundert sich nicht mehr. Er ist sich klar darüber, daß er jetzt in eine Welt eingedrungen ist, in der sich die Gesetze der gewöhnlichen Existenz nicht mehr anwenden lassen. Er durchquert die Halle. Sein Herz schlägt schnell, als hätte er zuviel Kaffee getrunken. Der Nebel ist noch dichter geworden. Man spürt seine Kälte bis tief in die Lungen hinein. Der Nebel ist brüderlich. Man möchte sich mit ihm anfüllen und sich langsam auflösen, eins werden mit ihm. *Abermals ein Zeichen: Auch in Nantes war es neblig an jenem Abend, an dem . . .* Der Nebel ist wie eine schützende Schranke. Man muß bloß den Sinn von all dem begreifen.

Ravinel sucht seinen Wagen. Er wird gezwungen sein, bis Enghien im Schritt zu fahren. Er fährt los und hupt. Seine Scheinwerfer sind in Höhe der Stoßstange angebracht und werfen einen Streifen kranker Helligkeit auf den Fahrdamm. Es ist kurz nach fünf.

Auf dieser Heimfahrt kommt ein großer Frieden über Ravinel. Er fühlt sich erlöst, befreit – nicht von einer Last, sondern von dem Überdruß, der sich durch seine ganze Vergangenheit schleppt wie ein zäher Brei. Der absurde Beruf, das unmögliche Leben von Kunde zu Kunde, von Apéritif zu Apéritif . . . Er denkt an Lucienne, doch ohne die geringste Wärme. Sie ist weit fort. Lucienne. Sie zerfließt. Sie ist nur ein Werkzeug, das dazu gedient hat, ihn der Wahrheit näherzubringen. Aber auch wenn er ihr nicht begegnet wäre, hätte er über kurz oder lang schließlich begriffen.

Die Scheibenwischer summen gleichmäßig und malen Fächer auf die Scheibe. Ravinel weiß, daß er die rechte Straßenseite einhält. Ein unfehlbarer Orientierungssinn leitet ihn im dichtesten Nebel. Er ist übrigens fast der einzige, der unterwegs ist. Die anderen haben sich nicht zu fahren getraut. Sie brauchen helles Licht, gut gekennzeichnete Fahrbahn, Verkehrspolizisten an den Kreuzungen. Zum erstenmal wagt Ravinel sich außerhalb der belebten Bahnen zu bewegen, ergreift eine männliche Initiative. Er vermeidet, an das zu denken, was auf ihn wartet, dort beim Rendezvous in Enghien. Doch er ist voller Sanftmut und fast voll Erbarmen. Auf der Landstraße fährt er etwas schneller. Einer der Zylinder klopft. Normalerweise müßte man den Wagen in die Werkstatt bringen. Aber nichts ist mehr normal. Und alle die kleinen materiellen Sorgen sind nun vorüber.

Ein Wagen blendet ihn, streift ihn fast, und er fühlt den Schrecken wie eine Welle über sich schlagen und sofort wieder verebben. Aber er verlangsamt die Fahrt. Nur kein Unfall, ausgerechnet heute abend! Es liegt ihm daran, hellwach und entschlossen zu Hause anzukommen. Vorsichtig nimmt er die letzte Kurve, erblickt die ersten Lichter von Enghien; sie sind fahler als Nachtlichte. Er wechselt den Gang; da ist schon seine Straße. Ihm ist ein wenig kalt. Der Wagen rollt im Leerlauf. Er bremst vor dem Gartentor. Trotz des Nebels sieht er, daß hinter den Jalousien Licht brennt.

Elftes Kapitel

Hinter den Jalousien brennt Licht. Ravinel zögert ein wenig. Wäre er nicht so hundemüde, ginge er im letzten Augenblick vielleicht doch nicht hinein. Vielleicht würde er sogar schreiend davonlaufen. Er berührt den Kamm in seiner Tasche und blickt nach der Straße zurück. Niemand kann ihn sehen, und selbst wenn ihn jemand sähe, würde er höchstens sagen: «Da kommt Ravinel nach Hause», und an etwas anderes denken ... Er ist ausgestiegen und steht vor dem Gartentor. Alles ist so wie immer. Er wird Mireille im Eßzimmer beim Nähen finden. Sie wird den Kopf heben.

Nun Liebling, hast du eine gute Fahrt gehabt?

Und er wird seine Schuhe ausziehen, um die Treppe nicht zu beschmutzen, wenn er sich droben umziehen geht. Seine Hausschuhe stehen auf der untersten Stufe. Dann ...

Ravinel steckt den Schlüssel ins Schloß. *Ich komme heim. Alles ist ausgelöscht. Ich habe niemals getötet. Ich liebe Mireille* ... Immer hat er Mireille geliebt. Wegen des alltäglichen Einerleis hat er geglaubt, daß er ... Aber nein. Mireille ist es, die er liebt. Lucienne wird er niemals wiedersehen. Er tritt ein.

Der Vorplatz ist erleuchtet. In der Küche brennt die Birne über dem Ausguß. Er schließt die Haustür und ruft mechanisch: «Ich bin's ... Fernand.» Er schnuppert ein bißchen. Es riecht nach Gulasch. Er geht in die Küche. Auf dem Gasherd dampft eine Kasserolle. Die Flamme ist von einer sparsamen und kundigen Hand eingestellt worden; sie brennt ganz niedrig. Die Fliesen sind aufgewaschen, der Wecker ist aufgezogen worden. Er zeigt sieben Uhr zehn. Alles ist sauber, geputzt, blinkend, und der Gulaschduft erfüllt den Raum. Gegen seinen Willen hebt Ravinel den Deckel hoch. Hammelgulasch mit grünen Bohnen, sein Lieblingsgericht. Doch warum gerade Hammel? All das ist zu intim, zu ... nett. Zuviel zuckersüßer Friede, zuviel hintergründige Stille ... Ein wenig Dramatik wäre ihm lieber. Er lehnt sich einen Augenblick gegen das Küchenbüfett. Der Kopf schwindelt ihm. *Ich werde Lucienne um ein Mittel bitten müssen* ... Lucienne? Aber damit ... Er atmet hohl wie ein Taucher, der aus großen Tiefen heraufkommt.

Die Tür zum Eßzimmer ist angelehnt. Er sieht einen Stuhl, eine Ecke des Tischs, ein Stück blauer Tapete. Eine Tapete, über die kleine Karossen und winzige Burgtürmchen verstreut sind. Mireille hat das Muster ausgesucht, weil es an Märchenbücher erinnert. Sie sitzt meistens beim Kamin, in dem sie gern ein Feuerchen macht, wenn feuchtes Wetter ist. Ravinel bleibt bei der Tür stehen und senkt den Kopf wie ein Schuldbeladener. Und doch überlegt er nicht, was er sagen soll, er sucht nicht nach Ausflüchten. Er wartet darauf, daß sein Körper ihm gehorcht, aber sein Körper versteift sich, lehnt sich auf, stemmt sich gegen den Boden, fleht, leistet stummen Widerstand. Da sind auf einmal zwei Ravinels, so wie es auch zwei Mireilles gibt. Da sind zwei Seelen, die zueinander streben, und zwei Leiber, die sich abstoßen. Etwas knattert und knistert im Eßzimmer. Das Feuer. Das Feuer im Kamin brennt. *Arme Mireille. Wie kalt muß ihr sein* ... Sogleich taucht das Bild der Badewanne auf. *Nein, nein. Nur das nicht!*

Zitternd stößt Ravinel die Tür ein wenig weiter auf. Jetzt hat er den gedeckten Tisch ganz im Blickfeld. Da liegt seine Serviette mit dem Buchsbaumring. Das Licht des Lüsters glitzert auf der bauchigen Karaffe. Jeder Gegenstand ruft Willkommen und ist doch voller Hinterhalt.

«Mireille!»

Er hat es gemurmelt und damit gefragt, ob er eintreten darf. Welches Aussehen hat sie gewählt? *Wird sie sich zeigen, wie sie gewesen war, bevor ... Oder so, wie sie dann aussah ... mit den angeklatschten Haaren, den verkniffenen Nasenlöchern ... Oder noch anders – schwebend, transparent? Nur Mut! Laß dich nicht gehen! Sonst bist du verloren ...*

Wie sagt der Tankwart immer? Nich aus den Pantinen kippen!

Er stößt die Tür ganz auf, öffnet sie weit, bis sie an die Wand prallt. Der Sessel ist leer, er steht beim Feuer, das hinter dem Funkenfang aus Messing prasselt. Der Tisch ist für zwei gedeckt. *Wieso für zwei? Aber warum nicht für zwei?* Er zieht seinen Regenmantel aus und wirft ihn über den Sessel ... Ach, auf Mireilles Teller liegt ein Zettel. Diesmal hat sie ihr eigenes Briefpapier benutzt.

Mein armes Dickerchen,
wir haben wirklich
Pech. Iß ohne mich.
Ich komme wieder.

Ich komme wieder! Seltsam. Nennt man Gespenster nicht die ‹Wiedergänger›? Sicher war es nicht beabsichtigt von ihr, und doch sagt es alles. Noch einmal prüft er die Handschrift, als ob ein Zweifel möglich wäre. Doch warum hat Mireille die beiden letzten Botschaften nicht unterzeichnet? Vielleicht hat sie dort, wo sie jetzt ist, keine umrissene Individualität mehr? Was das Persönliche ausmacht ist wohl schon blasser geworden ... *Wenn es doch so wäre! Könnte man doch mit einem Schlag die ganze Last abwerfen, Vergangenheit, Schicksal und sogar den Namen noch! Könnte man einmal nicht mehr Ravinel sein* ... Ja: endlich einmal nicht mehr den lächerlichen Namen des verrückten kleinen Gymnasiallehrers tragen zu müssen, der der Schrecken seiner Kindheit gewesen ist. Ach, Mireille! Welch herrliche Hoffnung!

Er läßt sich schwer in den Sessel fallen und löst mit Händen, die nicht mehr zittern, die Schnürsenkel; dann stochert er im Feuer. Beim Kamin ist es mollig wie in einem Brutapparat. Wenn Mireille da sein wird, will er ihr alles auseinandersetzen ... Von Brest muß er ihr erzählen, denn in Brest hat ja alles angefangen ... Sie haben niemals gewagt, sich gegenseitig von ihrer Kindheit zu erzählen. Was weiß er von Mireille? Mit vierundzwanzig Jahren ist sie in sein Leben getreten – eine Fremde. Wie war sie siebzehn Jahre vorher, als kleines Mädchen mit einer Schleife in den Haaren? Verstand sie, ganz für sich allein zu spielen? Welche verbotenen Spiele? Vielleicht auch das Nebelspiel, wie er selbst? Hatte sie abends Angst? Wurde sie auch in ihren Träumen von einem Menschenfresser verfolgt, der eine Schere aus zwei gekreuzten Sicheln schwang? Was hatte sie gelernt? Mit welchen Kameradinnen zusammen? Was erzählten sie sich untereinander, die kleinen Mädchen? Woher dieser seltsame Zwang in Mireille, plötzlich auf und davon zu gehen, weit fort – vielleicht nach Antibes, wer weiß? Sie haben nebeneinanderher gelebt, ohne zu ahnen, daß beide am gleichen namenlosen Leiden litten. Sie lebten hier in dem viel zu stillen Haus und hätten woanders sein wollen, irgendwo, wenn es dort nur Sonne, Blumen und das Paradies gab ... Er glaubt noch immer an das Paradies. Er erinnert sich an Schwester Madeleine, die ihm den Katechismus beigebracht hat. Sie schnitt immer wilde Gesichter, wenn sie von der Sünde sprach. Unter ihrer spitz zulaufenden Haube war sie sehr alt, und manchmal schien sie ein böses Weib zu sein. Doch wenn sie vom Paradies sprach, war man gezwungen, daran zu glauben. Sie schilderte es, als ob sie es gesehen hätte: ein großer von Licht schimmernder Garten ... Überall zahme Tiere mit sanften Augen und seltsame blaue und weiße Blumen. Und während sie den Blick auf ihre alten, aufgesprungenen und nicht immer ganz sauberen Hände senkte, pflegte sie hinzuzusetzen: *Und dann gibt es auch keine Arbeit mehr, nie, nie mehr.* Es hatte ihn immer traurig und glücklich zugleich gemacht. Er war sich schon klar darüber gewesen, daß es sehr, sehr schwer sein würde, ins Paradies zu kommen.

Er steht auf, bringt seine Schuhe in die Küche, stellt sie auf ihren Platz auf dem Brett neben dem Küchenschrank. Seine Hausschuhe erwarten ihn am Fuß der Treppe, Filzpantoffeln, die er in Nantes an der place Royale gekauft hat. Es ist absurd, sich an alle diese Einzelheiten zu erinnern, aber sein Gedächtnis ist überreizt. Der Kopf schwirrt ihm von Bildern. Er dreht die Gasflamme aus. Er hat keinen Hunger. Auch Mireille wird keinen Hunger haben. *Sie kann ja gar keinen Hunger mehr haben* ... Langsam, die Hand in die Seite gepreßt, klettert er die Treppe hinauf. Die Treppenbeleuchtung brennt. Auch im Schlafzimmer ist Licht, ebenso im Büro. Es gibt dem Haus etwas Festliches. Als sie einzogen, war er bedacht darauf gewesen, zum erstenmal überall Licht zu machen, damit die Überraschung noch vollkommener, noch überwältigender wäre, und Mireille hatte die Hände zusammengeschlagen und Möbel und Wände berührt, wie um sich zu vergewissern, daß sie nicht träumte. Langsam geht er auf und ab, ein wenig Kopfschmerz hinter den Schläfen. Das Bett ist inzwischen gemacht worden. Die leere Flasche liegt nicht mehr unter dem Schrank. Er setzt sich an den Tisch, auf dem sich die bunten Schnellhefter stapeln. Bei BLACHE UND LEHUÉDÉ wollen sie einen Bericht von ihm haben ... Einen Bericht worüber? ... Er hat es vergessen. All das ist so fern, so sinnlos ... Draußen ist schwaches Geräusch. Er geht durchs Büro und das Schlafzimmer und lauscht am Fenster, das auf die Straße hinausgeht. Man hört den Schritt eines Mannes, dann fällt eine Tür zu. Der Bahnbeamte kommt vom Dienst heim.

Ravinel geht in sein Büro zurück. Er hat alle Türen offengelassen, um nicht überrascht zu werden. Mireilles Anwesenheit wird er vermutlich an einem Gleiten, einem Knistern erkennen. Warum wühlt er in den Schubladen seines Schreibtisches? Will er sein Dasein rekapitulieren? Will er Bilanz ziehen? Oder muß er nur die Zeit des Wartens ausfüllen und alte Papiere durchblättern, um seinen Geist zu beschäftigen, der fast schmerzhaft angespannt ist? Unten tickt der Wecker. Es ist kurz nach halb acht Uhr. Die Schubladen sind mit Papieren vollgestopft. Prospekte, Entwürfe zu Berichten, Reklamen für Angelköder, Drillangeln, Angelruten ... Fotos von Anglern an einem Kanal, einem Teich, einem Fluß ... Zeitungsausschnitte: EIN ANGLER IN WALES MELDET DEN FANG EINES ZWÖLFPFÜNDIGEN HECHTES. ER BENUTZTE DIE ANGELSCHNUR ‹ARIADNE› ... So viele Nichtigkeiten mußten sich anhäufen, um in dieser Stunde der Wachheit zu münden. Ein Leben ohne Bedeutung.

In der linken Schublade liegt das Material zum Verfertigen künstlicher Fliegen. Ravinel verspürt ein jähes Bedauern. Er ist trotz allem auf seine Art ein Künstler gewesen. Er hat künstliche Fliegen erfunden, wie andere neue Blumen züchten. Im Katalog der Firma ist eine ganze Farbtafel den Ravinel-Fliegen gewidmet. Die Fächer der Schublade sind voll von Haaren, Flaum, Federn – lauter kleinen, zitternden Dingen, die sich wie ein frierender Schwarm zusammendrängen, wie eine Brut von Eintagsfliegen, die die erste Abendkühle am Fuß einer Mauer zu einem Häufchen hat niedersinken lassen. Sie ist ein wenig abstoßend, diese Sammlung haariger Kerbtierchen. Wenn man auch sehr gut weiß, daß sie aus Draht, Federn und Zwirn gefertigt sind, so lassen sie einen doch an Kadaver denken, an Leichen, an Aas ... namentlich die grünen, die Schmeißfliegen.

Ravinel stößt die Schublade zu. Er wird nicht mehr die Zeit dazu haben, das Buch über die Fliegen zu schreiben, wie er es immer vorgehabt hat. Es wird der Nachwelt verlorengehen ... Quatsch! Nur keine Schwäche. Er lauscht. Die Stille ist so tief, so aus einem Guß, daß er das Flüßchen drunten beim Waschhaus fließen zu hören glaubt. Es ist natürlich Einbildung. Eine lästige Einbildung, die er um jeden Preis unterdrücken muß. Er greift in eine andere Schublade, wühlt in maschinenbeschriebenen Blättern, Durchschlägen, Abschriften, findet zuunterst ein Bündel ärztlicher Rezepte. Ach ja! Wie lang ist das her ... Das war noch vor seiner Ehe. Er hatte geglaubt, Krebs zu haben, weil er nicht mehr essen konnte und ganze Nächte lang fröstelnd wach lag, Blutgeschmack auf der Zunge. Und dann war ihm aufgegangen, daß er sich mit einem Wort Angst machte, daß er sich eine Art Strafe auferlegte, als ob es nur gerecht sei, wenn ein Krebsgeschwür Tag um Tag ihm die Eingeweide zerstörte. Er stellte sich den Krebs in der Gestalt einer Spinne vor, weil er als ganz kleines Kind beim Anblick von Spinnen fast ohnmächtig wurde, und in der Wohnung in Brest gab es welche, unglaublich, wieviel davon es dort gab. Wer weiß, ob er sich nicht für Fliegen interessiert hat, bloß weil ...

Die Treppe hat geknarrt und Ravinel verharrt regungslos und lauscht. Ein deutliches Knarren; dann nichts mehr, nur das Ticken des Weckers drunten. Wahrscheinlich arbeitet das Eichenholz. Plötzlich meinte er, das viele Licht nicht mehr ertragen zu können. Überall brennen die Lampen, und wenn Mireille jetzt dort auf der Schwelle zum Büro erschiene, dann würde – das fühlt er – etwas in ihm mit einem hellen Ton zerspringen, und zerschmettert würde er zu Boden sinken. Er fühlt es, doch das will nichts besagen. Er hat ja auch damals den Krebs gefühlt, und doch ist er noch am Leben. So leicht stirbt sich's nicht. Der Beweis dafür: zwei Feuerböcke waren nötig ... Genug! Nichts mehr davon!

Er richtet sich auf, schiebt den Sessel zurück, um ein Geräusch zu machen und den Bann der Stille zu brechen. Er geht von einer Wand zur anderen, dann ins Schlafzimmer, öffnet den Wandschrank. Da hängen Kleider steif auf ihren Bügeln; es riecht nach Kampfer ... Was will er hier? Blödsinn. Was dachte er denn, das er entdecken würde? Er stößt die Schranktür mit dem Fuß zu. Er steigt die Treppe hinunter. Diese Stille! Gewöhnlich hört man das Räderrollen der Züge. Doch der Nebel hat alles Leben erstickt. Nur dieser unselige Wecker tickt. Viertel vor neun. So spät ist sie doch sonst nie nach Hause gekommen! Das heißt, sie ... Er zuckt mit den Achseln. Er sieht sich umhergehen. Er hört sich sprechen. Und gleichzeitig brütet sein Gehirn aberwitzige Gedanken aus. Mireille muß etwas zugestoßen sein – ein Unfall ... Gedanken von *vorher* vermischen sich mit Gedanken von *nachher* ... Und all das summt, wirbelt, drückt auf die Schädelwände. Er macht einen Abstecher in das Speisezimmer. Das Feuer verglimmt. Man müßte im Keller frisches Holz holen. Aber er traut sich nicht, in den Keller zu gehen. Ist die Falle nicht vielleicht im Keller aufgestellt? Welche Falle? Es gibt doch gar keine Falle!

Er schenkt sich ein wenig Wein ein und trinkt ihn in sparsamen Schlückchen. Wie spät es schon ist! Er geht wieder nach oben. Er fühlt sich schwer, so schwer. *Und wenn sie überhaupt nicht kommt?* Muß er bis zum Morgen warten und dann wieder bis zum Abend und immer weiter ...? Er ist am Ende seiner Widerstandsfähigkeit angelangt. Wenn sie nicht kommen sollte, wird er ihr entgegengehen. Er zieht den Revolver aus der Tasche. Er ist lauwarm von seiner Körperwärme, der guten Wärme des Lebens. Er liegt wie ein glänzendes und harmloses Spielzeug in seiner Hand. Mit dem Daumen schiebt er den Sicherungshebel zurück. Er erinnert sich nicht mehr, wie der Mechanismus des Schlosses funktioniert. Er stellt sich den blauen Lauf durchaus nicht auf seine Brust oder Schläfe gesetzt vor. Nein! Es ist ganz klar, daß sich die Dinge nicht auf diese Weise ereignen werden.

Er steckt die Waffe wieder ein und setzt sich abermals an den Schreibtisch. Vielleicht sollte er an Lucienne schreiben? *Aber sie glaubt mir ja doch nicht. Sie wird meinen, ich lüge ...* Was denkt sie überhaupt von ihm? Sieht sie in ihm ... Aber wozu sich etwas vormachen? *Sie hält mich für ein armes Würstchen.* So etwas spürt man von Anfang an. Sie verachtet ihn zwar nicht direkt. Obwohl ... Nein. Verachtung ist es nicht. Sie hält ihn eher für einen ... Sie hat ein komisches Wort gebraucht: für einen Debilen. *Mit anderen Worten: für einen Waschlappen.* Na ja, eigentlich ist er das auch. Er hat zu oft andere an seiner Stelle denken und handeln lassen. Zu oft hat man über ihn verfügt, ohne ihn zu fragen. Selbst Mireille ... Ein Debiler! Und dennoch war Lucienne immer von etwas angezogen worden. Aber von was? Er hat sehr wohl gemerkt, daß sie ihn unaufhörlich studierte, daß sie seinen Charakter zu analysieren trachtete. Zuweilen hatte sie auch Regungen echter Zärtlichkeit. Ihre Augen schienen zu sagen: nur Mut! Oder sie sprach auch eifrig von der gemeinsamen Zukunft, ein wenig vage vielleicht, aber es war doch auch wieder mehr als ein bloßes Hinhalten. Freilich zeigte sie sich auch Mireille gegenüber immer sehr sanft. Und vielleicht ist sie zu allen ihren Kranken, wenn sie sterben müssen, sehr geschwisterlich. Leb wohl, Lucienne!

Mit den Fingern blättert er zerstreut in den herumliegenden Papieren. Und da stößt er auf Fotos. Aufnahmen von Mireille, mit der Kodak geknipst, die er ihr ... wann war das ... Richtig: ein paar Tage vor ihrer Typhuserkrankung hatte er sie ihr geschenkt. Auch Bilder von Lucienne sind dabei, die ungefähr aus derselben Zeit stammen. Er legt die Aufnahmen, die an den Rändern schon abgestoßen sind, in eine Reihe. Er vergleicht sie. Wie feingliedrig Mireille doch ist! Schlank wie ein Jüngling, anziehend mit ihren großen, direkt in die Kamera gerichteten Unschuldsaugen, die aber eigentlich in die Ferne blicken, weit über seine Schulter hinweg, als ob er, ohne es zu wollen, dem Bild des Glücks im Weg gestanden hätte. Als ob er sich ungeschickt zwischen Mireille und etwas, was sie seit langem erwartete, geschoben hätte. Lucienne ist so, wie er sie immer gekannt hat. Straff, unpersönlich, mit eckigen Schultern, kräftigem Kinn, trotzdem schön, von einer kalten und gefährlichen Schönheit. Er selbst ... nein, es ist kein einziges Foto von ihm dabei. Mireille ist nie auf den Gedanken gekommen, ihn zu fotografieren. Lucienne ebensowenig. Er wühlt in dem Wust alter Papiere. Schließlich findet er ein ganz vergilbtes Paßfoto. Es stammt aus der Zeit der Fahrprüfung. Wie alt war er damals? Einundzwanzig, zweiundzwanzig Jahre? Er hatte noch keine Glatze. Sein Gesicht war hager und wirkt gierig und enttäuscht zugleich. Das Bild ist unscharf. Es bleibt von ihm nur dieses halb verloschene Abbild. Er träumt über den Fotos, die, wie sie da nebeneinander liegen, eine Geschichte erzählen, die nie jemand kennen wird. Es muß schon spät sein. Zehn Uhr? Halb elf? Die Feuchtigkeit draußen sickert langsam durch die dünnen Mauern. Ihm ist kalt. Er ist vom langen Sitzen ganz steif geworden. Er hat nicht mehr genug Energie, seine Gedanken zu lenken. Er ist unter dem grellen Licht wie in einem Block der Stille gefangen. Wird er hier im Sessel einschlummern? Will Mireille seine Schläfrigkeit ausnutzen? Verzweifelt reißt er die Augen auf und erhebt sich ächzend. Der Raum kommt ihm ungewohnt, irreal vor. Er muß wohl ein paar Sekunden geschlafen haben. Nur nicht einschlafen. Um keinen Preis! Mit schleppenden Schritten steigt er wieder nach unten, geht in die Küche. Der Wecker zeigt zehn vor zehn. Die Müdigkeit überwältigt Ravinel und zwingt ihn in die Knie. Seit vielen Nächten hat er nicht mehr richtig geschlafen. Jetzt zittern seine Hände wieder ... Wie bei einem Alkoholiker. Plötzlich empfindet er Durst, er ist ausgetrocknet, verdorrt. Doch er verzichtet darauf, die Tüte mit dem Kaffee und die Kaffeemühle zu suchen. Es dauert zu lang. Er zieht einfach nur den Mantel an und schlägt den Kragen hoch. Unrasiert und in Pantoffeln bietet er einen seltsamen Anblick. Vorhin schien ihm alles phantastisch und furchtbar: das brennende Gas, der gedeckte Tisch. Jetzt kommt es ihm vor, als wandle er im Traum durch ein Haus, das nicht mehr ganz sein eigenes ist. Die Rollen sind vertauscht. Nun ist er das Gespenst. Sie ist die Lebendige, die Gesunde. Sie braucht nur einzutreten, so wird er in sein Nichts zurückgescheucht werden.

Immer langsamer geht er um den Tisch herum. Er ist barhäuptig, doch ihm ist, als presse ihm ein zu enger Hut die Schläfen zusammen. Erschöpft knipst er schließlich das Licht aus und kehrt in den ersten Stock zurück. Im Schlafzimmer macht er ebenfalls dunkel und flüchtet sich ins Büro, dessen Tür er schließt. Er wird jetzt nicht mehr hinabsteigen; er würde nicht die Kraft haben, sich der Finsternis auf der Treppe und in der Küche zu stellen. Er wird ja hören, wenn ...

Die Zeit verstreicht. Im Sessel zusammengekauert überläßt er sich einer bangen Betäubung. Zusammenhanglose Erinnerungsfetzen ziehen hinter seinen geschlossenen Lidern vorüber. Doch er schläft nicht. Er lauscht in die Stille hinein, in die gewaltige Stille, die sich manchmal für eine Weile in ein Brausen verwandelt, in das Brausen einer Muschel. Mitten auf einer Insel der Helligkeit ist er allein wie ein Schiffbrüchiger. *Ich bin ein Schiffbrüchiger.* Er wird sich selbst ertränken und in die fahle, hintergründige, glitschige Welt der Fische hinabsteigen. Wie oft hat er das geträumt ... Oder jener andere Traum: *Ich bin unsichtbar. Ich kann Mauern durchschreiten; ich sehe, ohne gesehen zu werden.* Es war sogar ein Mittel gewesen, dem Alpdruck der Klassenaufsätze und Examina zu entkommen. Er zerging einfach auf seinem Platz, und man glaubte, er sei fort, dabei beobachtete er alles. Vielleicht hat Mireille überhaupt erst durch die Berührung mit ihm die Gabe erhalten, gleichzeitig an mehreren Orten zu sein.

Etwas hat sich bewegt.

Er reißt sich aus seiner Träumerei. Seine Augen brennen; seine Hände und Füße sind eisig. Er reckt den Hals, bläht sich mit Substanz auf, fühlt seine Haut wie eine Hülle, der er vorübergehend entschlüpft war. War das ein Geräusch? Er hat den Eindruck gehabt, es käme aus dem Garten. Aus dem Garten oder sogar von der Außentreppe.

In der Ferne ein Pfiff. Die Züge beginnen wieder zu rollen. Der Nebel löst sich wahrscheinlich auf.

Ja, diesmal hat er etwas gehört. Die Tür ist unten gegangen. Jemand tastet. Der Schalter wird angeknipst . . .

Er keucht leise wie ein Sterbender. Die Luft pfeift in seiner Kehle. Es brennt beim Atmen.

Jetzt wird die Küchentür aufgestoßen. Und plötzlich erklingt der tänzelnde, klöppelnde, vom engen Kostümrock etwas behinderte Schritt. Sie ist es. Die Absätze klappern auf den Fliesen. Dann das Klicken des Schalters. Ravinel beißt die Zähne zusammen, als ob das Licht unten in der Küche ihn blende. Stille. Vermutlich nimmt sie den Hut ab. Alles ereignet sich wie gewöhnlich, wie *vorher* . . . Sie geht zum Speisezimmer hinüber.

Er wimmert, er erstickt, er windet sich, um aufzustehen. *Mireille!* . . . Nein. Sie wird hereinkommen . . . *Sie darf nicht* . . .

Der Feuerhaken rattert. Die Holzscheite stürzen zusammen; dann klappert Geschirr. Eine Flüssigkeit läuft in ein Glas. Die Dinge beginnen zu reden, sich zu bewegen. Die Schuhe fallen einer nach dem anderen. Die Pantoffeln kommen von ihrem Bord herab und machen quer durch die Küche flipp-flapp auf die Treppe zu. Flipp auf der ersten Stufe, flapp auf der zweiten.

Er krümmt sich schluchzend zusammen. Er kann nicht aufstehen, nicht bis zur Tür gehen, um den Schlüssel umzudrehen. Er weiß, daß er lebt, daß er schuldig ist, daß er sterben muß.

Flipp auf der dritten Stufe, flapp auf der nächsten. Flipp-flapp. Flipp-flapp. Es nähert sich, steigt herauf, steigt bis zum Treppenabsatz. *Flieh doch! Überschreite die Grenze, durchstoße die dünne Wand des Lebens!* Er sucht in seinen Taschen. Seine Finger werden nervös, von Panik ergriffen.

Auf der anderen Seite des Korridors gleiten Füße über das Parkett des Schlafzimmers. Der Lüster flammt auf. Der untere Teil der Bürotür wird hell. Sie steht dahinter, knapp dahinter, und dennoch kann es dahinter niemanden geben. Durch die Trennwand hindurch belauschen sie sich, der Lebende und der Tote. Doch auf welcher Seite ist der Lebende, auf welcher der Tote?

Und dann beginnt sich die Türklinke langsam zu senken, und in Ravinel löst sich die Spannung. Sein ganzes Leben lang hat er auf diese Minute gewartet. Jetzt darf er wieder zu einem Schatten werden. Mensch zu sein, ist zu schwer gewesen. Er will nicht mehr wissen. Selbst Mireille interessiert ihn nicht mehr. Er schließt den Mund um den Revolverlauf, um den Tod wie einen Trank zu schlürfen. Um zu vergessen. Heftig reißt er den Abzug durch.

Epilog

«Ist es noch weit bis Antibes?» fragte die Reisende.

«Noch fünf Minuten», sagte der Schaffner.

Hinter den Abteilfenstern sah man nur irrende Lichter und von Zeit zu Zeit, wenn der Zug an einem Damm entlang fuhr, die rüttelnde Reihe seiner erleuchteten Waggons. Man wußte nicht mehr, ob das Meer rechts oder links lag, ob der Zug nach Italien rollte oder ob er nach Marseille fuhr. Ein Platzregen strichelte die Scheiben.

«Hagel», brummte irgend jemand. «Die Touristen an der Riviera können einem leid tun dies Jahr.»

Lag in dieser Bemerkung eine versteckte Absicht? Die Reisende öffnete die Augen wieder, ihr Blick fiel auf den ihr gegenübersitzenden Mann. Er betrachtete sie. Sie schob die Hände noch tiefer in die Manteltaschen. Doch wie konnte sie verhindern, daß sie zitterten? Man mußte ihr ansehen, daß sie Fieber hatte, daß sie krank war, sehr krank ... Immer hatte sie gewußt, daß sie krank werden würde, daß sie nicht die Kraft hätte, bis zum Schluß durchzuhalten. Saß der Mann ihr schon lange gegenüber? Seit Lyon oder Dijon ... vielleicht seit Paris? Sie erinnerte sich nicht ... Sie hatte unendliche Mühe, ihren Gedanken zu folgen ... Aber einer Sache war sie sicher: man brauchte nur einen Moment nachzudenken, um dahinterzukommen, daß eine Frau, die hustet und vor Fieber zittert, sich eine Erkältung geholt hat. Und wenn sie sich erkältet hat, dann ist sie wohl naß geworden ... Sehr naß. Und dann ist es noch ein Schritt, und der erstbeste Neugierige kann alles übrige erraten, einschließlich der Nacht unter der Zeltbahn ... Krank hätte sie nicht werden dürfen. Zu dumm! Es war nicht recht. Und es war vielleicht sogar gefährlich, denn es handelte sich jetzt nicht mehr nur um einen schlecht auskurierten Schnupfen.

Sie hustete. Der Rücken tat ihr weh. Sie erinnerte sich an eine Schulkameradin, die schwindsüchtig geworden war, weil sie sich auf dem Heimweg von einem Ball erkältet hatte. Alle sagten: «Die arme Kleine! Was für ein Kreuz für ihren Mann! Es ist nicht gerade lustig, wenn die Frau immer bettlägerig ist ...»

Der Zug hämmerte auf den Gleisen, und der Mann stand auf. Er zwinkerte ihr zu ... Hatte er wirklich gezwinkert? Vielleicht hatte er nur etwas im Auge?

«Antibes!» brummte er.

Der Waggon glitt an einem Bahnsteig entlang, der mit rötlichem Material bedeckt war. Sollte sie im Zug bleiben und warten? *Es ist nicht gerade lustig, wenn eine Frau immer bettlägerig ist.* Sie kam nicht mehr von diesem Satz los. Wer wiederholte ihn nur ständig leise, so leise, so voller Ahnungen? Die Reisende griff nach ihrem Gepäck, verlor dabei das Gleichgewicht und klammert sich an das Netz. Sie wollte doch lieber aussteigen. Wenn nur nicht dieses Schwindelgefühl ... Ach, schlafen. Schlafen!

Der Regen war kalt. Der rote Zement des Bahnsteigs dehnte sich endlos. Wie lange mußte sie denn noch laufen, bis sie endlich dort vorn die unbewegliche Silhouette erreicht hatte, die nicht einmal die Arme nach ihr ausstreckte ... Der Mann war verschwunden. Es gab auf der Welt nur noch zwei Frauen, den Boden von der Farbe angetrockneten Blutes und den Regen, der auf den Schienen glitzerte. Noch zehn Meter ... noch zehn Schritte ...

«Mireille! ... Ja, bist du denn krank? Du weinst ja?»

Lucienne ist stark. Man kann sich auf sie stützen, sich von ihr führen lassen. Immer weiß sie, wohin man gehen und was man tun muß. Ja, Mireille weint ... aus Übermüdung, aus Angst ... Sie versteht nicht sehr gut, was Lucienne sagt, weil der Wind so rauscht.

«Hörst du?» fragt Mireille. «Folgt er uns?»

Sie verliert ein wenig den Kontakt zu ihrer Umwelt, aber darüber ist sie sich klar, daß eine kräftige Hand sie betastet und ein starker Arm sie am Fallen hindert.

«Hilf mir doch ... Komm, du mußt einsteigen ...»

Lucienne ist es, die es gesagt hat, und dann ist da ein schwarzes Loch. Ach so, ein Taxi. Dann hebt ein Aufzug sie empor. Immer noch rauscht der Wind und überdeckt die Worte Luciennes. Lucienne begreift nicht, daß alles verloren ist. Man müßte es ihr klarmachen, man müßte ...

«Sei doch nicht so aufgeregt, Mireille!»

Mireille ist nicht aufgeregt. Sie spürt nur, daß sie sprechen muß, daß sie Lucienne Dinge von höchster Wichtigkeit mitteilen muß. Jener Mann ...

«Leg dich hin, Liebling. Niemand ist dir gefolgt, ich versichere dir ... Niemand hat sich um dich gekümmert.»

Das Windesrauschen wird schwächer. Woher soll übrigens in dem friedlichen Zimmer überhaupt Wind kommen? Ein Nachtlicht brennt. Lucienne bereitet eine Spritze vor. Nein! Auf keinen Fall eine Spritze! Keinen Einstich! Mireille hat schon so viele Medikamente geschluckt!

Lucienne schlägt das Laken zurück. Die Nadel dringt ins Fleisch. Man spürt es kaum. Das Laken wird wieder über Mireille gebreitet. Das Bettzeug ist kühl, und Mireille erinnert sich an die Badewanne, in die sie zum erstenmal eintauchen mußte, als Fernand sie eingeschläfert glaubte. Und dann ein zweites Mal, als Fernand meinte, sie sei ertrunken und längst tot. Sie sieht plötzlich alle Einzelheiten wieder vor sich. Sie hielt sich starr und steif. Sie hatte Angst ... Angst, zu lebendig zu wirken. Doch Lucienne hatte die Zeltbahn vorbereitet ... Fernand hat nur einen triefenden Körper gesehen, der so rasch wie möglich eingewickelt werden mußte. Ein wenig später erst hatte die furchtbare Nacht angefangen ... die Kälte, der Krampf und schließlich das schräge Gleiten ins Flüßchen beim Waschhaus, die Beklemmung auf der Brust, das Wasser, das in die Nase eindringt ... Sobald Fernand fort war, hätte sie befolgen sollen, was Lucienne ihr vorgeschrieben hatte, statt es auf später zu verschieben ... Mireille schwört sich, daß sie jetzt fügsam sein will. Schon fühlt sie sich wohler und in Sicherheit. Es kommt ihr vor, als glühe ihr Kopf schon weniger. Wenn sie doch immer den Anordnungen Luciennes gefolgt wäre! Weiß Lucienne nicht in jeder Situation, was zu tun ist? Hatte sie nicht alle Reaktionen Fernands bis ins kleinste vorausgesehen? Er konnte sich einfach nicht lange im Badezimmer aufhalten. Er konnte einfach nicht noch einen letzten Blick auf die Verstorbene werfen. Er konnte einfach nicht hinter das Geheimnis kommen, auch wenn er noch so viel grübelte – je mehr er grübelte, um so weniger! Lucienne war wachsam gewesen, um einzugreifen und das Schicksal in die richtige Bahn zu lenken. Und wenn Fernand trotz allem dahintergekommen wäre ... Was riskierten sie denn? Er war ja der Mörder. Auch heute abend ist Lucienne wieder wachsam. Sie beugt sich über das Bett. Mireille schließt die Augen. Sie ist geborgen. Verzeih, Lucienne, daß ich ungehorsam gewesen bin ... Verzeih, Lucienne, daß ich ohne deine Erlaubnis meinen Bruder besucht und damit alles aufs Spiel gesetzt habe ... Verzeih, daß ich an dir gezweifelt habe ... Du bist hart, Lucienne. Niemals weiß man, ob du aus Liebe oder aus Geldgier handelst ...

«Sei still!» sagt Lucienne leise.

Sie hört also alles, sogar die geheimsten Gedanken. Oder hat Mireille in der halben Betäubung des Einschlafens laut gesprochen? Mireille schlägt die Augen wieder auf. Sie sieht unmittelbar über sich das verwirrte Gesicht Luciennes. Sie versucht, zu sich zu kommen. Das Wichtigste hat sie ja vergessen ... Ihre Aufgabe ist noch nicht zu Ende. Sie klammert sich an das Laken, sie setzt sich auf.

«Lucienne ... dort habe ich alles in Ordnung gebracht ... Im Eßzimmer ... in der Küche ... Niemand wird erraten können, daß ...»

«Und die Briefe? Die Zettel, die du ihm geschrieben hast?»

«Habe ich ihm aus der Tasche genommen.» Niemals wird Lucienne wissen, wieviel Überwindung es Mireille gekostet hat. Überall war Blut. Armer Fernand! Lucienne legt die Hand auf Mireilles Stirn.

«Schlaf! Denk nicht mehr an ihn ... Er war ein Gezeichneter. Früher oder später hätte er die gleiche Flucht begangen. Er konnte nicht mehr weiterleben.»

Wie sicher sie ihrer selbst ist! Mireille ist voller Unruhe. Etwas quält sie noch ... eine etwas undeutliche Vorstellung ... Sie schläft ein, doch in einem letzten Bemühen, klare Gedanken zu fassen, hat sie noch Zeit zu denken: *Daß er überhaupt keinen Verdacht geschöpft hat ... Daß er sich nie wieder an die erste Versicherungspolice erinnert hat, jene, die er zu meinen Gunsten unterschrieben hat, um mich dazu zu bringen, die andere zu unterzeichnen ...* Die Lider fallen ihr zu; ihr Atem wird ruhiger. Sie wird nie erfahren, daß es Gewissensbisse waren, diese Gedanken, die aus ihrem Unterbewußtsein kamen.

Die Sonne scheint. Nach langen Stunden der Bewußtlosigkeit beginnt das Leben wieder. Mireille dreht den Kopf nach rechts, nach links. Sie ist sehr müde, aber sie lächelt, weil sie vor dem Fenster eine Palme sieht, einen dicken Palmbaum, dessen Stamm mit schwärzlichen Fasern bedeckt ist. Er läßt auf dem Vorhang einen Schattenfächer spielen. Seine Blätter rascheln leise. Er macht den Eindruck von Luxus. Mireille hat die Sorgen vom vergangenen Abend vergessen. Sie ist reich. Zweihunderttausend! Die Versicherungsgesellschaft wird keinerlei Schwierigkeiten machen. Die zweijährige Frist ist verstrichen. Alles ist völlig in Ordnung. Die Gesellschaft muß zahlen, auch nach dem Selbstmord. Jetzt braucht sie bloß gesund zu werden.

Ein Satz summt plötzlich in Mireilles Kopf. *Es ist nicht gerade lustig, wenn eine Frau immer bettlägerig ist.* Eine schwache Röte steigt ihr in die Wangen. Nein! Nein, das ist nicht gerade lustig. Für niemanden. Aber sie wird nicht ewig im Bett liegen. Lucienne wird sie gesund machen. Es ist ihr Beruf. Unwillkürlich sieht sie das Haus am quai de la Fosse wieder vor sich, sieht Fernand, wie er nach der Karaffe greift ... *Es ist nicht gerade lustig, wenn eine Frau immer bettlägerig ist ...* Auf dem Nachttisch steht eine Karaffe. Mireille betrachtet sie. Die Karaffe irisiert in zartem Feuer, wie die Kristallkugeln, in denen Wahrsagerinnen die Umrisse des Künftigen erkennen. Mireille versteht nicht, die Zukunft im Kristall zu lesen; sie erschauert, und als die Tür aufgeht, wendet sie rasch den Blick ab, als habe man sie bei einer Sünde ertappt.

«Guten Morgen, Mireille ... Gut geschlafen?» Lucienne ist in Schwarz gekleidet. Sie lächelt, nähert sich mit ihrem festen Männerschritt. Sie nimmt Mireilles Handgelenk.

«Was fehlt mir?» flüstert Mireille.

Lucienne schaut sie mit einem tiefen Blick an, als ob sie ihre Chancen zu leben oder zu sterben abwäge.

«Ist es etwas Ernstliches?»

Die Arterie pulst unter den Fingern, die das Handgelenk umspannen. «Es wird langwierig sein», seufzt Lucienne schließlich.

«Sag mir, was mir fehlt.»

«Pst!» Lucienne nimmt die Karaffe mit hinaus, um frisches Wasser zu holen. Mireille stützt sich auf die Ellbogen, schaut mit dem angespannten Gesichtchen lauschend nach der halboffenen Tür, durch die man die helle Tapete des Vorplatzes sieht. Sie folgt nach dem Geräusch allen Bewegungen Luciennes. Dem letzten Gluckern im Ausguß, der leichten Modulation des Wasserstrahls im Kristall, deren Klang sich plötzlich ändert, wenn das Wasser den Flaschenhals erreicht. Dauert es so lange, eine Karaffe zu füllen?

Sie ruft mit einem gezwungenen Lachen, das in einem Hustenanfall endet: «Ein Mordsvertrauen mußte ich schon in dich haben ... Denn eigentlich hattest du ja bis zum letzten Augenblick die Wahl.»

Lucienne dreht den Wasserhahn zu und trocknet die Karaffe langsam am Handtuch ab, das an der Wand hängt. Zwischen den Zähnen sagt sie ganz leise: «Und wer sagt dir, daß ich nicht geschwankt habe?»

Boileau / Narcejac

«Trotz ihres zungenbrecherischen Doppelnamens sind die beiden fleißigen Franzosen **Pierre Boileau** und **Thomas Narcejac** für die Krimi-Gemeinde längst ein Begriff. Ihre temporeich und milieugenau abgespulten Geschichten haben stets das Maß an Mysterium, das Mordkommissionen fürchten und Kenner schätzen.» *FAZ*

Eine Auswahl der thriller von Boileau / Narcejac:

Tod de luxe
(thriller 3016)

Appartement für einen Selbstmörder
(thriller 2839)

Gesichter des Schattens. Die Gleichung geht nicht auf
(thriller 2963)
«... raffinierte Geschichten, in denen das Verbrechen die Menschen wie ein Alptraum befällt.»
Westdeutsch Allgemeine Zeitung

Im Mord vereint
(thriller 2982)

Tote leben nicht allein. Parfüm für eine Selbstmörderin
(thriller 3008)
Er hat sie vor dem Selbstmord gerettet und will ihr hlefen, ein neues Leben zu beginnen. Aber es war nicht das erste Mal, daß sie dem Tod entronnen ist. Natürlich gibt es immer Unfälle – aber so häufig?

Bruder Judas. Die Dame in Rot. Meine schöne Mörderin
(thriller 3024)

rororo thriller

Der Traum vom Gold
(thriller 3033)
Wer würde nicht davon träumen, einen Goldschatz zu bergen, der auf dem Grund eines Sees liegt? Doch erste Tauchversuche schlagen fehl. Als Jean-Marie überaus leichtsinnig seiner Tante und dem holländischen Filmemacher van Loo von seinem Bergungsversuch berichtet, nimmt das Schicksal seinen Lauf.

Die Karten liegen falsch
(thriller 2786)

Boileau / Narcejac, Helga Riedel / John Bingham
Tote sollen schweigen. Ausgesetzt. Der sechste Plan
(thriller 3056)
Garantie für atemberaubende Spannung ...

rororo thriller wird herausgegeben von Bernd Jost. Ein Gesamtverzeichnis der Reihe finden Sie in der *Rowohlt Revue*. Jedes Vierteljahr neu. Kostenlos in Ihrer Buchhandlung.

3000/4

Colin Dexter

«Dexter ist allen anderen Autoren meilenweit voraus.»
The Literary Review

Hüte dich vor Maskeraden
(Neuausgabe August 96, thriller 3239)
«Ein intelligenter Krimi zum Mit-Denken. So etwas ist selten.»
Frankfurter Rundschau

Mord am Oxford-Kanal
(thriller 2960)
Ausgezeichnet mit dem Gold Dagger der britischen Crime Writers' Association.

Tod für Don Juan
(thriller 3041)
Kaum sind die amerikanischen Touristen in Oxford eingetroffen, da wird Chief Inspector Morse zu einer Toten gerufen. Die Touristin ist offensichtlich an Herzversagen gestorben, als sie den Diebstahl einer wertvollen antiken Brosche entdeckte. Klarer Fall, meint Sergeant Lewis. Ein plötzlicher Tod ist immer mysteriös, sagt Morse. Erst recht, wenn kurz darauf noch ein Toter gefunden wird.

Finstere Gründe
(thriller 3100)
Ausgezeichnet mit dem Gold Dagger der britischen Crime Writers' Association.

Die Leiche am Fluß
(thriller 3189)

rororo thriller

Ihr Fall, Inspector Morse
Stories
(thriller 3148)
«Seit Sherlock Holmes gibt es in der englischen Kriminalliteratur keine interessantere Figur als Chief Inspector Morse», schrieb die *Süddeutsche Zeitung*. In diesem Storyband treten beide auf: Morse löst – wie immer – brillant fünf knifflige Fälle, und Sherlock Holmes verblüfft wieder einmal Dr. Watson – auf sehr ungewöhnliche Art. Auch die übrigen Geschichten beweisen durch die Raffinesse ihrer Konstruktion, die überraschenden Wendungen und die total unvorhersehbaren Lösungen Dexters Meisterschaft.

rororo thriller werden herausgegeben von Bernd Jost. Ein Gesamtverzeichnis der Reihe finden Sie in der *Rowohlt Revue*. Jedes Vierteljahr neu. Kostenlos in Ihrer Buchhandlung.

3006/5

-ky

«Die besten Krimis von **-ky** schildern unsere Gegenwart mit Scharfsinn, Witz und Hintergründigkeit.»
FAZ

-ky, mit richtigem Namen Dr. Horst Bosetzky, ist Professor für Soziologie in Berlin. Er gehört zu den wichtigsten deutschen Kriminalromanautoren. In seinen Büchern verbindet er eine spannende Handlung mit einer genauen Beschreibung der deutschen Wirklichkeit.

Da hilft nur noch Beten
(thriller 2883)

Blut will der Dämon
(thriller 3091)

Feuer für den Großen Drachen
(thriller 2672)
Kreuzberger Nächte: Liebe, Ku-Klux-Klan und Graue Wölfe...

Unfaßbar für uns alle
(thriller 3174)
Kommissar Mannhardt ist der organisierten Kriminalität auf der Spur.

Friedrich der Große rettet Oberkommissar Mannhardt
(thriller 2725)

Ich wollte, es wäre Nacht
(thriller 2951)

Mitunter mörderisch
Kriminalstories
(thriller 2383)

Ein Toter führt Regie
(thriller 2312)
Ein Selbstmörder rächt sich an den Lebenden, die ihn gequält haben...

3014/3

rororo thriller

-ky/-ky & Co.
Zu einem Mord gehören zwei. Es reicht doch, wenn einer stirbt. Die Klette
(thriller 3157)

«-ky ist die Nummer eins unter Deutschlands Krimischreibern.»
NDR

rororo thriller werden herausgegeben von Bernd Jost.
Ein Gesamtverzeichnis der Reihe finden Sie in der *Rowohlt Revue*. Jedes Vierteljahr neu. Kostenlos in Ihrer Buchhandlung.

Jerry Oster

Jerry Oster arbeitete viele Jahre als Journalist und Filmkritiker in New York, bevor er begann, Bücher zu schreiben. Die *New York Times* bezeichnet ihn als den besten Krimiautor der letzten Jahre.

Saint Mike
(thriller 2924)
Susan Van Meter ist ein Undercover-Narco. Deckname: Saint Mike. Ihr Mann hat an einem brisanten Fall gearbeitet, bis er von einer unbekannten Schönen eiskalt hingerichtet wurde. Saint Mike muß diesen Fall aufklären.

Death Story
(thriller 3011)
Herzschuß. Der Mittelfinger ist abgetrennt und steckt im Mund der Leiche. An der Wand prangt kryptisch das Graffiti: Raleigh... Kein leichter Job für Joe Cullen, denn er muß gegen Kollegen ermitteln.

Nowhere Man
(thriller 2925)
Der dritte Gedanke des Joggers war sein letzter, denn das, was die Gestalt ihm entgegenhielt, war kein wertloses Schmuckstück, auch keine Hand, die ihn stoppen wollte, sondern eine Pistole. Die Kugel schlug ein Loch in seine Stirn und beendete das Denken...

Wenn die Nacht kommt
(thriller 3155)
«Brillante Dialoge, seine Großstadt pulst und keucht.»
Stuttgarter Zeitung

rororo thriller

Dschungelkampf
(thriller 2773)
In der U-Bahn stirbt Carlos Pabon mit einem Loch in der Stirn. Die Zeitungen reden vom «Samariter-Killer», denn Pabon war ein mieser und kaputter Streetboy. Weitere Morde passieren. Detective Jake Neumann und sein Partner setzen sich auf die Spur...

Dirty Cops
(thriller 3108)
Joe Cullen ermittelt gegen einen unbarmherzigen Cop-Killer und gerät dabei in einen brodelnden Sumpf aus Gewalt...

rororo thriller werden herausgegeben von Bernd Jost. Ein Gesamtverzeichnis der Reihe finden Sie in der *Rowohlt Revue*. Jedes Vierteljahr neu. Kostenlos in Ihrer Buchhandlung.

3026/3

Klugmann / Mathews

«Da werden endlich wieder Geschichten erzählt, die so intelligent und spannend sind, die zum Zittern und Lachen bringen. Allererste Empfehlung: die subtil anarchistischen Polizeikomödien der beiden Hamburger Norbert Klugmann&Peter Mathews.» *Lui*

Beule & Co
Beule oder Wie man einen Tresor knackt. Ein Kommissar für alle Fälle. Flieg, Adler Kühn
(thriller 3101)
Die Helden des Autorenduos scheinen auf den ersten Blick wenig perfekt. Sie haben Probleme mit Frauen, mit sich selbst und mit ihrer Kondition. Eigentlich sind sie ganz selten richtige Helden. Da kommt es schon vor, daß ein Keller in Brand gesetzt wird, weil ein geklauter Tresor sich nicht knacken läßt. Oder ein Schrebergärtner ermordet wird, weil er seinen Garten nicht verkaufen will...

Die Schädiger
(thriller 2771)
Rochus Rose wachsen die Schulden über den Kopf, und die Methoden des Geldeintreibers Sänger sind raffiniert, aber nicht ganz legal...

Vorübergehend verstorben
Roman
320 Seiten. Gebunden
Wunderlich Verlag
Die Männer sind alle Verbrecher, ihr Herz ist ein finsteres Loch... Die Anwältin Luise Rubato fährt lieber in die Grube, als der Moral der Männer zu erliegen.

rororo thriller

Norbert Klugmann
Das Pendel des Pentagon
(thriller 2954)
«Norbert Klugmann legt ein wahnsinniges Tempo vor und ihm fließen mitunter Dialoge aus der Feder, gegen die hochgerühmte amerikanische Kollegen die reinsten Langweiler sind.» *Süddeutscher Rundfunk*

Schweinebande
(thriller 3175)

Doppelfehler *Ein Fall für den Sportreporter*
(thriller 3228)
Ein ATP-Tennisturnier in Deutschlands wildem Osten läßt sich nicht ohne weiteres vermarkten. Ein toter Tennisprofi indes belebt das Geschäft...

rororo thriller werden herausgegeben von Bernd Jost. Ein Gesamtverzeichnis der Reihe finden Sie in der *Rowohlt Revue*. Jedes Vierteljahr neu. Kostenlos in Ihrer Buchhandlung.

Per Wahlöö

«Der Schwede **Per Wahlöö** hat sich mit einem umfangreichen Werk als einer der markantesten europäischen Erzähler des dritten Viertels unseres Jahrhunderts profiliert.» *Jörg Fauser*

Per Wahlöö (1926–1975) studierte Germanistik, arbeitete als Korrespondent in Spanien. 1956 von Franco ausgewiesen, reiste er durch die halbe Welt, lernte 1962 Maj Sjöwall kennen und begann mit ihr gemeinsam, den Kommissar-Beck-Zyklus zu schreiben.

Foul Play
(thriller 2588)
«Der Blick, den Wahlöö auf die schweißgetränkte, dreckige Fußballposse in dieser hinterletzten Weltgegend wirft, ist so ungetrübt , daß wir uns alle in ihm spiegeln können.» *tip*

Unternehmen Stahlsprung
(thriller 2539)
«... die Horrorvision einer Gesellschaft, die selbst zum Verbrechen wurde und schließlich untergeht. Per Wahlöö war vielleicht noch nie so gut.» *Norddeutscher Rundfunk*

Libertád!
(thriller 2521)
«Der beste Polit-Thriller zum Thema Südamerika ist bereits vor 25 Jahren geschrieben worden: Libertád!» *taz*

Das Lastauto
(thriller 2513)
Spanien zur Zeit der Franco-Diktatur.

rororo thriller

Mord im 31. Stock
(thriller 2424)
«Dieses Buch ist eines der seltenen Fälle, in denen ein Kriminalroman weit über sich hinauswächst.» *Frankfurter Allgemeine Zeitung*
Wolf Gremm drehte mit Rainer Werner Fassbinder in der Hauptrolle nach diesem Buch seinen Film «Kamikaze 1989».

Von Schiffen und Menschen
Stories
(thriller 2889)
«... eignet sich wunderbar zum Lesen an Bord.» *Segeln*

Das Lastauto. Libertád! Die Generale
(thriller 3222)

rororo thriller werden herausgegeben von Bernd Jost. Ein Gesamtverzeichnis der Reihe finden Sie in der *Rowohlt Revue*. Jedes Vierteljahr neu. Kostenlos in Ihrer Buchhandlung.

3020/3